「オンッ！　オンッ！」
シロ
ロイドに救われた魔獣。
に懐いている。
ノール
に
いた魔人。
従っている。
「へへ、魔獣にまで慕われているとは流石はロイド様ですな」
ロイド
サルーム王国の第七王子。
すさまじい魔力を
秘めている魔術バカ。

「ロイドロイドロイドっ！
んもうー、久しぶりねぇ！
あなたから会いに来てくれるなんて
姉さんとっても嬉しいわっ！」
アリーゼ
サルーム王国の第六王女。
魔獣を従える能力を持つ。
エリス
アリーゼ付きのメイド。
アリーゼに振り回されている。

「アル兄ぃ、なんで俺を
ロイドの所へ連れてきたんだ？
顔合わせならいつでもいいだろ」
ディアン
第四王子。鍛冶技術を
学ぶため留学していた。
「実はなディアン、
このロイドこそが
例の付与術師なのだよ」
アルベルト
第二王子。
ロイドに目をかけている。
「な……っ!?
嘘だろアル兄ぃ！
こんなチビがこの魔剣に
付与を施したってのか!?」

「シルファさんはもう引退なさったでしょう」

「ではもう一度、登録いたします」

カタリナ
冒険者ギルドの受付嬢。ロイドに興味がある。

「それもダメです。再登録の際は2ランク落としたCスタートです」

「……融通が利きませんね」

シルファ
ロイド付きのメイド。剣の師でもある。

「あーあー、ん、んんっ！」

「おやおや、丁度ここに手空きのBランク冒険者がいるみたいね」

「……規定ですから」

タオ
気を操る冒険者。

イケメン好き。

「『黒霧』……！」

ぼそりと少女が呟くと、
目の前がぐらりと歪む。
吐き気と目眩、動悸がする。
これは毒か。

Tensei shitara dainana ouji dattanode, kimamani majyutsu wo kiwame masu.

転生したら第七王子だったので、気ままに魔術を極めます

2

author
謙虚なサークル
illust. メル。

転生したら第七王子だったので、気ままに魔術を極めます2

謙虚なサークル

講談社ラノベ文庫

「シロ、来い！」

「オンッ！」

俺が呼ぶと、白い大型犬――シロが元気良く駆けてくる。

シロは俺に抱きつき、その重さと勢いで芝の上に押し倒された。

短い草が宙に舞い、草と土の香りがした。


俺はサルーム王国第七王子、ロイド＝ディ＝サルーム。

魔術大好き十歳。前世ではしがない貧乏魔術師で、生まれて初めて見る上位魔術に見惚《みほ》れて死に、この身体《からだ》に転生した。

歳《とし》の離れた第七王子という事で王位継承権もないし、自由に生きろと言われた俺は好きな魔術ばかりやっている。……のだが最近は周りの人間に妙に期待されている気がする。

まぁきっと気のせいだよな。

地味で目立たない第七王子、それが俺の立ち位置である。

「オンッ！　オンッ！」

ちなみに俺の顔を舐《な》めているこの犬はシロ、元は俺を襲ってきた魔獣だが、俺の事が気に入ったのか随分懐かれてしまった。

連れ帰っても良いと言われたので使い魔としたのである。

シロを撫《な》でる掌《てのひら》から、ぐぱっと口が生まれる。

「へへへ、魔獣にまで慕われているとは流石《さすが》はロイド様ですな」

こいつは魔人グリモワール。俺はグリモと呼んでいる。

城の地下書庫、禁書に封印されてたが、色々あって俺の使い魔となったのだ。

俺の掌の皮に住まわせており、時折こうして口を開いては喋《しゃべ》りだす。

「ぐひひ、魔獣まで従えやがったか。いいぜぇ、テメェが色んなものを手に入れてくれりゃあ、俺様がその身体を乗っ取った時に美味い思いが出来るからなぁ……」

なお、時々ブツブツと独り言を言っている情緒不安定な奴《やつ》である。

せめて聞こえる声で喋れよな。

「オンッ！　オンッ！」

「おっとと、こら犬っころ！　吠《ほ》えるんじゃねぇ！　しっしっ」

独り言を言うグリモに向かって吠えるシロ。

……どうも二人はあまり仲は良くなさそうだ。

「こらこら、喧嘩《けんか》してないで続きをやるぞ」

「オンッ！」

手を握りグリモに口を閉ざさせると、シロが座り直した。

今行っているのは魔力に命令を乗せて飛ばし、念じるだけで使い魔に命令を出せるという魔獣使いの技である。

魔獣使いとはその名の通り魔獣と契約し、使い魔として操る者たちの総称で、その起源は使い魔を愛する魔術師たちがより使役する能力に特化させていく過程で生まれたらしい。

彼らは使い魔を操るのにも術式は使わずに魔力を利用して念じるだけで支配するらしく、俺はそれを試しているのだが……

「シロ！」

と呼んでみたが、シロは俺の次の命令をキラキラした目で待つのみだ。

来いと念じてみたのだが、どうやら伝わらないようだ。

シロはとても頭が良く、俺の言葉を殆《ほとん》ど理解しているので声に出せば大抵のことは伝わる。

ただし、お手、伏せ、待て、おかわり、チンチン、取ってこい……などの簡単な命令はともかく、例えば三周回ってワンと鳴け、のような複雑なものでは話が変わってくる。

どれくらいの速さで、どこを回って、どう鳴くのか。そこまでの意味を込めるのはその一言では無理だ。

念じるだけで言う事を聞かせられるなら、その辺りも何とかなりそうなんだがなぁ。

「ロイド様、術式を使って命令は出せないんですかい？」

「術式は世界に効率よく干渉すべく特殊な魔術言語で書かれたものだからな。それを理解できないシロには通じないよ」

ていうか術式を理解して弄《いじ》れる魔術師はかなり少ないしな。

俺でも現状は単語を組み替えるのが限界だ。そういう観点から見ても、日々の読書で理解力を鍛えるのは大事なのである。

結局は言葉を魔力に乗せて伝えるのが一番早いのだ。

「……おすわり」

「オンッ！」

というわけで俺は魔力と言葉を同時に出し、反覆訓練にて地道に覚えさせていた。

うーん、だがこれは時間がかかる上に柔軟性がないしなぁ。

細かいニュアンスは伝わらないし、何かもっといい方法はないだろうか。

考えていた俺は、ふとある人物を思い出す。

「そうだ、アリーゼ姉さんなら……」

——サルーム王国第六王女、アリーゼ＝ディ＝サルーム。

俺の三つ上の姉で、俺と同じように王位継承権もなく好きな事をして暮らしている。

その対象は専ら動物。

犬猫はもちろん、爬虫類《はちゅうるい》に鳥類、果ては魔獣まで飼育している生粋《きっすい》の動物好きである。

俺がシロを飼っても何も言われなかったのは、アリーゼという前例があるからというのも大きいだろう。

「あまり気は進まないけど……会いに行ってみるか」

「オンッ！」

俺の言葉にシロは元気よく応えるのだった。

向かった先は城の離れにある大きな塔。

その周りにある広い庭ではリスやウサギなどの小動物が俺たちを興味深げに見ており、木々の上では色とりどりの鳥たちが囀《さえず》っていた。

「はぁー、こいつら全部、ロイド様の姉君が飼ってるんですかい？　こんな風に放し飼いにされてて、逃げないもんすかねぇ？」

「うん、アリーゼ姉さんは昔から動物に好かれやすくてね。今思えば魔力によるものなのかも……と考えたんだ」

普通に考えてこれだけの動物を飼い慣らすなんて常人には無理だろう。

俺と同じ血を引いてるし、魔術師としての才能が発現していてもおかしくはない。

生まれつき血筋や才能に優れた者の中には、無意識に魔力を扱う者も珍しくないのだ。

塔に辿《たど》り着《つ》いた俺は、正面にある大きな扉をノックする。

「姉さん、アリーゼ姉さん。いますか？　ロイドです」

少し待っていると、中から黒髪メイドが出てきた。

確か名前は……

「エリスだっけ？」

「覚えていただけて光栄です。ロイド様、お久しぶりでございます」

「うん、久しぶり。アリーゼ姉さんに会いたいんだけど」

「かしこまりました。少々お待ち下さいませ」

ぺこりと頭を下げ、塔へと戻るメイド。

更にしばらく待っていると、扉が開いた。


「ロイド――――っ！」


がばっ！　といきなり抱き締められた。

「わぷっ⁉」

ふかふかの柔らかな感触を、ぎゅーっと押し付けられる。苦しい。

「ロイドロイドロイドっ！　んもうー、久しぶりねぇ！　あなたから会いに来てくれるなんて、姉さんとっても嬉《うれ》しいわっ！」

更にグリグリと頭も撫でてくる。痛い。

「アリーゼ様、おやめ下さい。ロイド様が苦しがっておられます」

「えっ⁉　あらほんと、ごめんなさいね」

アリーゼは謝ると、俺を抱き締める腕を緩めた。

……ふぅ、苦しかった。だからあまり来たくなかったんだよな。

アリーゼは昔から俺を見つけては抱きついたり、キスしたりとオモチャにしていたのである。

咳《せ》き込みながら顔を上げる俺の目の前にいたのは、薄紅色の長い髪をフワフワとさせた女性。

髪だけではなく、ドレスにもファーやポンポンが付いており、全体的にフワフワだ。

……ちなみに胸も。

「ふふっ、ごめんねロイド。姉さん嬉しくなっちゃって。それで一体何の用かしら？」

アリーゼはそう言って、にっこりと微笑《ほほえ》むのだった。

「それで、用というのは何かしら？」

「はい。つい最近魔獣を飼い始めたので飼育法やしつけ方など、色々聞きたいなと思いまして……紹介しますね。シロです」

「オンッ！」

背中を撫でると、シロが吠える。

それを見てアリーゼは目をキラキラさせた。

「あら！　あらあらまぁまぁ可愛い子ねぇ！　シロちゃーん！　やけに丸くて小さいけれど、ベアウルフかしら？」

「当たりです。北の森にアルベルト兄さんと魔獣狩りに行った時に懐かれました。……それにしてもよくわかりましたね。本来の姿とは大きく違うはずですが」

「うふふー、何となくそんな感じがしたのよ」

なんとなく、ね。やはりなと思いながら俺は目を細める。

以前俺が魔力の波長を感知して生物の同一個体を識別したように、アリーゼもまた無意識に似たような事をしたのだろう。

「まりょく、ってのが関係してるのよね。よくわからないけれど」

「はい。それで聞きたいのですが……」

「ねぇロイド、こんなところで立ち話もなんだし中で話さない？　美味しいお茶を出すわよ」

「あ、そうですね」

つい話し込んでしまった。中に入ればアリーゼの魔獣もいるだろうし、それを見ながらの方が話しやすいか。

というわけで俺はアリーゼに案内され、塔の中へと足を踏み入れる。


中は大広間となっており、塔の内壁に螺旋《らせん》階段と小部屋がいくつかある以外は完全に吹き抜けとなっていた。

床はなく、地面には芝や苔《こけ》、池、草むら、更に木々まで生えており、まさに自然のままといった感じだ。

それを見たグリモが感嘆の声を上げる。

「はぁー、すごいですなぁ」

「時々一般人に開放しているらしいよ。動物園として」

国内でも珍しい動植物が見られるからと、開放の日は大勢の人が訪れる。

ちなみにその時の案内人はエリス。アリーゼがやりたがっていたが、それは流石に止められていた。

小部屋の中央にある白いテーブルにアリーゼと共に座った。

「エリス、お茶を用意してちょうだい」

「かしこまりました」

エリスは頭を下げると、いつの間にか手にしていたティーポットで茶を注ぐ。

ハーブの良い香りが辺りに広がり、アリーゼは心地よさげに目を瞑《つぶ》る。

「早速ですがアリーゼ姉さんの魔獣を見せてもらいたいんですけど」

「あらせっかちさんねぇ。ふふっ、わかったわ。ロイドの頼みですもの……リル！」

アリーゼが呼ぶと、小部屋の屋根でふわっとした毛玉が起き上がる。

すらりとした長い足、全長ほどもある長い尻尾、ぴょこんと立った耳が動き、主人であるアリーゼの方を向いた。

リルと呼ばれた巨大な狼《おおかみ》は、力強く跳ねるとアリーゼの元へ降り立つ。

銀色の毛並みと金色の瞳の美しい魔獣。

背の高さは3メートルはあるだろうか。凄い威圧感である。

「紹介するわ。この子はリルよ。さ、ご挨拶なさい」

「ウォン！」

甲高い声でリルが鳴くと、シロが俺の後ろに隠れた。

でっかいから怖いのだろうか。

それでもシロは興味深げにリルをじっと見上げている。


「こいつはレッサーフェンリルですな。ベアウルフの上位種の割とヤバめな魔獣ですぜ」

「上位種か、だからシロも興味深げなのかもな」

フェンリルってのは警戒心が強いため、滅多に確認されないと聞いたことがある。

戦闘力も高く、番《つが》いでドラゴンを狩ったりもするらしい。

劣等種《レッサー》とはいえそんな魔獣を飼い慣らすなんて、アリーゼは俺が思うより凄いのかもしれない。

これは教えてもらえる内容にも期待出来そうだ。

「お願いします！　俺もアリーゼ姉さんとリルのように、シロと意思疎通をしたいんです！　やり方を教えて下さい！」

「もちろんいいわよ。ロイドならきっと出来ると思うから」

「本当ですか⁉」

「ええ、そうね。まず大切なのは……」

たっぷり溜《た》めた後、アリーゼはにっこりと笑った。


「──愛よ！」


一瞬の沈黙。

アリーゼは言葉を続ける。

「私思うの。愛こそが言葉の通じない私たちを繋《つな》ぐ絆《きずな》なんだって。どんな魔獣だって、こちらから愛を与えてあげれば絶対に分かり合えるわ！」

目を輝かせながら揚々と語るアリーゼを見て、エリスは疲れた顔でため息を吐《つ》く。

「はぁ、アリーゼ様は生まれつき勝手に動物が寄ってくる寄せ餌のような方です。そんな特殊事例など参考になるはずがないでしょう」

「寄せ餌⁉　ちょっとエリス、それはひどいわ⁉」

「本当の事です」

二人は言い争いを始めた。

言い争いというかじゃれ合いというか、この二人は姉妹のようである。

「難しい事なんて必要ないわ。フワーッとしてパァーッとすればいいのよ。ねぇリル。私の思い、私の言葉、よく伝わるでしょう？　……ほらっ！」

「ウォン！」

リルはそうだとばかりに頷《うなず》くと、アリーゼに頭を擦り付ける。

アリーゼが手を広げ楽しそうにくるくる回ると、その周囲に鳥や兎《うさぎ》などの小動物が集まってきた。

まるで花でも浮かんでいるような空気、メルヘンでファンタジーな絵本みたいである。

エリスはそれを見てドン引きしていた。確かに寄せ餌だ。

絶句していたグリモが、ようやく口を開く。

「……ロイド様、ありゃあダメですぜ。よく言えば天才肌、悪く言えばお花畑でさ。まともに話の出来るタイプじゃねぇですよ」

酷いこと言うなお前。まぁ概ね同意見だけど。

確かにアリーゼは理屈っぽい話が出来るタイプではない。

ただ、それでもやりようはあるのだ。

「なるほど、大体わかりました。アリーゼ姉さん」

「な……っ!?」

俺の言葉に、エリスとグリモが驚いている。

アリーゼは顔をぱあっと明るくして、俺の手を取りブンブンと振った。

「ええっ、そうよロイド！　愛なのよ！」

愛、かどうかはともかくとして、アリーゼから漏れる魔力を見ていてわかったことがある。

アリーゼはリルに命令を与える時、自身とリルの頭を魔力で繋げているのだ。

そうやって自分の思考を読み取らせているのだろう。

無意識に魔力の性質変化をしているのだろうが、なるほど盲点だった。

あの方法ならリアルタイムで自分の思考をイメージで伝えられる。

命じるのでなく、共有するのだ。

そしてイメージなら得意である。


「シロ！」


俺は同じように魔力を伸ばして、シロの頭に繋げる。

そして俺はシロにそうして欲しいよう、念じる。

シロはハッと目を丸くすると、駆け出した。

そして俺たちの周りを大きく回り始める。

一周、二周、そして三周回り、

「オンッ！」


と元気良く吠えた。俺の思った通りに、である。

よし、俺の目論見通りだ。

「う、嘘《うそ》でしょう？　あのアリーゼ様の説明で理解したのですか……？」

エリスが目を丸くしている。

「うんうんっ、すごいわロイド！　流石私の可愛い弟！　愛ねぇー！」

「いえ、絶対違うと思いますよ」

「違いませんよぅーだ」

二人はまた言い争いを始めてた。仲がいい事である。

まぁもう用は済んだし、長居は無用だ。

行くとするか。

「それじゃあアリーゼ姉さん。ありがとうございました」

「ええっ⁉　もう行っちゃうの⁉　折角だしお茶を飲んでいきなさいな！」

「いえ、今は喉が渇いていないので！」

「ああん、ロイドーっ！」

俺は手を振り、アリーゼに別れを告げる。

涙ぐむアリーゼの横で、エリスが何やらブツブツ言っている。

「今しがた、ロイド様が使われたのは魔獣使いの技……！　アリーゼ様の力は天性の才によるもの。自覚がないが故にアンコントローラブルですが、ロイド様は確実に自覚して使われていた。しかも他の魔獣使いはアリーゼ様の前ではまともにコントロール出来なくなっていたのに、あれほど見事に……このままアリーゼ様を超える魔獣使いの技を習得していただければ、集まってくる動物たちを追い払っていただけるかもしれません……ここが動物だらけなせいで他のメイドたちは怖がって近寄りもしないし、餌やりや世話も大変。おかげで私の休みはなく、ショッピングやカフェに行く暇もなし……ええ、そうですとも。ここは是非ともロイド様に頑張っていただかねば！」

何か強烈な念を感じ振り向くと、エリスが期待を込めたような目で俺をじっと見つめている。

「ロイド様、またいらしてください！　アリーゼ様はもっと色々な事を教えられるようですよ」

「まぁ！　ナイスだわエリス！　ええそうよロイド、私はもっと沢山の事を教えてあげられますから！　だからぜひまた来てね！」

確かに、魔獣使いの技がこれだけなはずがないよな。

また何か疑問が生まれたら聞きに来るとしよう。

……あまりまともな返事は期待できないけどな。


「よぉしシロ、いい子だぞ」

「オンッ！」

先刻投げたボールを取ってきたシロの頭を撫でてやる。

魔力の性質変化を利用したイメージの共有はかなり便利で、これを使えば大抵の行動はさせられるようになっていた。

ちなみにさっきもただ普通に投げたわけではなく、滅茶苦茶高く投げた。

風系統魔術を使って、城の城壁くらいの高さにだ。

それを壁と壁の間を登らせて、取りに行かせたのである。

魔獣ならではの動きだ。やるなシロ。

ただ動き回るシロを常時魔力で繋いでおくのはそれなりに負担な為《ため》、魔力刻印を用いて命令したい時だけ魔力を飛ばしてシロと繋がることで解決した。

とりあえずこれで日常生活に慣れさせていくか。


「やぁロイド」

そんなことを考えていると、芝生の向こうからアルベルトが歩いてくる。

第二王子アルベルト、俺の九つ上の兄で金髪長身のイケメンだ。

魔術に関してはかなりの腕前で、俺をよく魔術の訓練に連れて行ってくれる。

ちなみに王位継承最有力候補と噂《うわさ》されているようだ。


……ん、隣にいるのは誰だろう。

アルベルトの横にバンダナをした黒髪の男がいた。

かなり鍛えているようで、細いがマッチョである。

歳《とし》はアルベルトと同じくらいだろうか。

鋭い目つきで俺をじっと見ている。


「シロは随分お前の言うことを聞くようになったみたいだね」

「はい、アリーゼ姉さんにご教授いただきました」

「アリーゼに……？　よ、よくあの説明で理解出来たね……」

「あはは、少し難易度は高かったですけれど」

苦笑する俺を見て、アルベルトは口元に手を当てる。

「ふむ、まさかアリーゼの纏《まと》う魔力の動きを読み、魔獣を操る技を推理、習得した……？　いやいや、いくらロイドでも流石にそんな事は出来ないだろう。単に魔獣がロイドに馴《な》れただけだろうな。うん。ないない」

アルベルトは冷や汗を浮かべながら首を振っている。

何だか顔色が悪い気がするけど大丈夫だろうか。

「おいアル兄ぃ、何ブツブツ言ってんだよ」

男がしびれを切らしたように声を上げると、アルベルトは思い出したように咳払《せきばら》いを一つした。

「おっとすまない。……紹介するよロイド。彼はディアン。お前の兄だ」

「えっ！　兄さん、ですか？」

「おう、久々だなロイド！　……っても俺はお前が小さい頃から隣国バートラムに行ってたからな。憶えてないか。デッカくなったじゃないか！　今帰ったぜ！」

ディアン＝ディ＝サルーム。

第四王子で俺が三歳くらいの頃、アルベルトと一緒に俺を見に来たんだっけ。

顔にちょっとだけ面影がある。目つきが悪い辺りとか。

ディアンは俺と同じくらいの歳の頃から優れた鍛冶技術を持つ隣国バートラムに留学に行っていた。

多分政治的な理由だろう。友好の証《あかし》とか。

王子の身ながら国の為に勉強に行くとは立派だと思った記憶がある。

そんなディアンを何故アルベルトは俺の元へ連れてきたのだろうか。

「アル兄ぃ、なんで俺をロイドの所へ連れてきたんだ？　顔合わせならいつでもいいだろ」

どうやら向こうも同じことを思ったようだ。

アルベルトはニヤリと笑う。


「実はなディアン、このロイドこそが例の付与魔術師なのだよ」

「な……っ⁉　嘘だろアル兄ぃ！　こんなチビがこの魔剣に付与を施したってのか⁉」

ディアンは以前俺がアルベルトに付与した魔剣を指差して驚いている。

そして俺の目の前にしゃがみ込むと、顎に手を当て舐め回すように見つめてきた。

「ぬぅ、信じられんがアル兄ぃが嘘を言うとも思えん……よしロイド。お前を試す。こっち来い」

　そう言うとディアンは俺を脇にかかえ、走り出した。

「え？　え？　え――――っ⁉」

「おいディアン！　待て！　どこへ行くんだ⁉」

「悪りぃなアル兄ぃ、ちょっと借りるぜー！」

　ディアンはアルベルトに手を振ると、そのまま駆け出した。


　連れて行かれた先は城の隅にあるレンガを積み重ねてドーム形にした建物。

　上部からは煙突が生え、近くには井戸がある。

　昔、この建物は何だろうと中を覗《のぞ》いてみたが、中は物置になっていたっけ。

　一体こんな場所に何の用だろうか。


「おー、ここだここだ。懐かしいなぁ」

　ディアンはそう言いながら扉を開け、中に入る。

　中は以前見た時とは全く違った。

　部屋の中央には巨大な炉が置かれ、金床《かなとこ》にハンマー、ペンチ、のみ、ふいご、様々な薬品……各種の鍛冶道具が並んでいた。

「ここは俺がガキの頃に使っていた工房でよ。留学の際に道具を持って行ってたんだが、帰るってことで一足先に送り返しておいたのさ。今日から向こうで学んだ鍛冶仕事ができるってもんだぜ」

鼻歌を歌いながら、道具を触るディアン。

その顔は子供のようにキラキラしていた。


「……ディアン兄さんは鍛冶が好きなんですか？」

「おう！　だから向こうで色々学んできたんだ！　向こうはすごいぜ、付与魔術や魔剣製作の技術が進んでいてよ。このままじゃいけないと思ってアル兄ぃに相談したら、優秀な付与魔術師を紹介してくれるって言うから期待したんだが……まさかロイドとはなぁ」

はぁぁ、と重々しいため息を吐いて、ディアンは俺を睨《にら》みつけた。

「ロイド、悪いがアル兄ぃの言う事を鵜呑《うの》みには出来ねぇ。お前が本当に付与魔術師として優秀なのかどうか、まずは試させてもらうぜ……！」

「……はぁ」


「くぅーん」

何だか厄介なことになって来たな。

ついてきたシロが不安げに俺を見上げている。

「この液体が何かわかるか？」

ディアンは水瓶の中に入った煌《きら》めく液体を指し示す。

「魔髄液ですね。付与の際に術式と共に塗布する液体です」

「む……ほう、基本は知っているようだな……だがこれはどうだ！」

そう言って木箱を漁《あさ》り、中から取り出してきたのは赤茶色の土だ。

「赤泥ですね。製鉄の際に使われる原料の一つ。確か隣国では良い赤泥が採れると聞きます」

「な……！　知っているのか……!?」

「ええ、本で得た知識だけで恐縮なのですが」

付与魔術を知るには鍛冶の技術に関する知識も当然必要だ。

おかげでそれなりの本を読み、知識を得ている。

見れば木箱の中には様々な素材が入っていた。

「おおっ！　鉄鉱石に石炭、乳白石、金銀銅、魔石粉……すごいっ！　色んな素材が沢山ありますね！」

「……っ！」

まるで宝の山だ。

これだけの素材があれば付与もやり放題、魔剣も作れるかもしれない。

アルベルトがディアンを紹介してくれたのはあの時の約束——付与魔術の応援するというのを果たしてくれたのか。

「あれ、赤魔粉や月銀薬はないのですか？」

「なんだそりゃ？」

「付与に使う原料の一部ですが……」

きょとんと首を傾《かし》げると、ディアンはゴクリと固唾を呑《の》んだ。

「こいつ、半端ねぇ知識量だ！　魔髄液だけならともかく、それ以外の素材の知識もかなり豊富！　ちょっと齧《かじ》っただけじゃない……！　下手したら俺と同等量の知識がありやがる、だと……？　へっ、アル兄ぃも人が悪いぜ……こんなナリだが、どうやら少しは使えるらしい。こいつと一緒なら俺の夢——俺だけのオリジナル魔剣を完成させられるかもな……！」

そして何かブツブツ言い始める。

一体どうしたんだろう。


「ロディ坊」

「え？」

さっきまでと違う呼び方に聞き直す。


「おう、お前の事だよ。ロディ坊、お前少しは付与魔術ってのをわかってるじゃないか。いいだろう。認めるぜ。ちなみに俺の事は親方と呼ぶといい！」

「は、はぁ……」

親指で自分を指すディアン。

なんだかわからないが、いつの間にか認められたようである。

「よぉしロディ坊！　まずはお前の実力を見せてもらう。俺の作ったこの剣に付与魔術をかけてみな！」

そう言ってディアンは剣を差し出してきた。

何の装飾もされてない無骨な剣ではあるが、その分しっかり作られている。

形が良いのは勿論《もちろん》のこと、刃文の鮮やかさ、混じりっけのなさは相当な技術が必要なはずだ。

粗悪な剣ってのは歪《いびつ》に曲がり、不純物も大量に入っているからな。

刃文なんて勿論なく、そして脆《もろ》い。

下手したらただの棒の方がマシ……というひどいものである。

だがこれは一流の鍛冶師と言える技術だ。

これ程の技量になるには相当の年月を費やしたに違いない。


「ディアン兄さんは本当に鍛冶が好きなんですね」

「……ッ⁉　お、親方と呼べと言っただろ！」

「そうでしたね。親方」

俺がくすくす笑うと、ディアンは腕組みをして顔を背ける。

……何だか顔が赤い気がするが気のせいだろうか。

「と、とにかく早くやりやがれってんだ！」

「わかりました」


付与魔術のやり方は魔髄液に術式を編み込み塗布するだけ。

ただし術式を増やし過ぎれば武器に負担がかかり、へし折れてしまう。

これは単純に術式の量だけでなく、金属との相性、魔髄液の純度、その他諸々《もろもろ》が影響する。

正確に武器と術式の許容量を計る事が付与魔術師としての技量だと俺は思う。

……まぁ始めて間もない素人の考え。違ったらディアンに正してもらおう。

「では――」

魔髄液を専用の器へ注ぎ、術式を付与していく。

この剣なら多分三、いや四枚ってところか。

ぱぁぁと魔髄液が光り輝いて、付与の術式が完了した。

……とりあえずこんなものだろうか。

ディアンの方をちらりと見ると、眉をひそめて難しい顔をしている。

「おいおいおいおい、信じられねぇ……魔髄液に直接術式を編み込んでやがるのか？　普通は呪符に術式を込め、ゆっくり液に溶かしていくもの。じゃなきゃ混じる前に消えてしまうってのに……余程の大出力でないとありえねぇ！　あんな技が出来る付与魔術師はバートラムにはいなかったぞ……！」

なんかすごい顔で見てくるが、もしかして間違った手順でやってたかな？

だったら教えてくれればいいのに、何も言ってこない。

むぅ、認めたとか言ってたが、やはりまだ試されているのか。

俺は緊張する手で鞘《さや》を抜き、剣の出来栄えを見る。

四枚の付与術式は問題なく成立している……が、これでは満足してもらえないかもしれない。

あと一枚、いや半枚ギリで上乗せできる。

俺は術式を解除し、再度同じ工程を繰り返す。

今度は四枚半。剣先が悲鳴を上げているが、術式は何とか成立している。

これならそのうち馴染《なじ》むだろう。

……うん、ギリギリだがこれ以上は無理というところまで付与できたはずである。


「ふぅ、出来ました」

「……ちょっとよく見せろ」

俺が剣を渡すと、ディアンは虫メガネを片手にじっと剣を見始める。

「やはり四枚半……先刻《さっき》の四枚だって相当無茶だ。通常なら一、二枚。熟練の者でも三枚が限度だろう。にもかかわらずこの枚数……まさか術式を圧縮してやがるのか？　しかも強度増加だけでなく、弾性強化、自浄作用、自己修復とバラバラの付与をかけている。しかもわざわざもう一度付与を剝がしてまで……！　妥協せず踏み込める感性、使える術式の豊富さ、こいつの付与魔術師としてのセンスは常軌を逸してやがる……！　くくく、いいじゃねぇか。俺の相棒となる男はこうでなきゃなぁ」

ディアンは何やらブツブツ言い始めた。

ちょっと怖い、大丈夫だろうか。


「ロディ坊！」


かと思うといきなり大声を上げた。びっくりするじゃないか。

「……今から魔剣を作るぞ」

「！　魔剣、ですか」

剣の作り方は溶かした鉄を叩《たた》いて中の不純物を飛ばし、折り、そしてまた叩く。

それを繰り返して徐々に剣の形になるのだが、魔剣を作るにはその間に術式を編み込む。

こうして作られた剣はただ付与した武器に比べ、圧倒的に強い。

付与では不可能な長い術式も組み込める為、武器として以外にも使えるのだ。

まさか魔剣を作れる日が来るとは……アルベルトには感謝である。

「俺の夢。俺だけのオリジナル魔剣の製作だ。嫌だと言っても付き合ってもらうぜ、ロディ坊！」

「はいっ！」

俺はディアンの差し出した手を、強く握り返した。

◇◇◇

「よぅし、やるぜ！」

腕まくりをしながら、ディアンは剣を作り始める。

炉に火を入れて鉄を溶かし、真っ赤な鉄を叩く。

カン、カンと力強い音が響く。

「そういえばどういった術式を編み込むつもりですか？」

「……実は俺は魔術ってのが使えなくてよ。いつか使ってみたいと思って俺なりに頑張ったんだが……生憎《あいにく》と俺は頭が悪くてな。どうしても出来なかった。その時アル兄ぃに聞いたんだ。魔剣を使えば振るうだけで魔術を使えるってな」

いくら魔力を持ってようと、本人に素養がなければ魔術を行使することは難しい。

世の中には本を開くだけで眠くなる人間もいると聞くし、如何に才能があろうと向き不向きというものがあるのだ。

俺も運動は嫌いだし。これればかりはどうしようもない。

「だからよ、そういう魔剣を作ってみてぇんだ。俺だけの魔剣を……！　出来るかロディ坊？」

「えぇ、尽力します。共に力を合わせましょう！」

「おうっ！　頼むぜ相棒！」

いつの間にか相棒になっているようだが……結局テストは合格でいいのだろうか。

それにしても魔術を発動させる魔剣か。

俺にとってはあまり意味がないが、製作自体にはとても興味がある。

ワクワクして来たぜ。

「それじゃあロディ坊、早速魔剣に込める術式を頼むぜ」

真っ赤に焼けた鉄を前に、ディアンが言う。

「どういった魔術がいいのでしょう?」

「そうだな。やっぱ炎だな！　魔術と言えば炎だぜ。鍛冶にも使えるしよ」

「わかりました」

そういう事なら火系統魔術を込めてやればいい。

下位魔術である『火球』なら余裕があるが、ディアンの作った剣ならより上位の魔術『炎烈火球』くらいは収まりそうだ。


「『炎烈火球』を構成する術式は十四節、圧縮すれば二節でいけるな。ただ上手く馴染むかどうかやってみないとわからない……折り返し工程は何回ですか?」

「五回だ。それ以上は剣が持たねぇ」

とりあえずやってみるしかないか。

まずは半節、術式を編み込んだ魔髄液を焼けた鉄へとかけてやる。

すると赤い鉄が眩《まばゆ》く光り、術式が馴染んでいく。

魔髄液の沸点は高いので蒸発はしないのだ。


「――っ⁉　け、剣が！」

ぱきん、と乾いた音が鳴る。

見れば焼けた鉄の根元に、深々と亀裂が入っていた。

しまった。半節でも強すぎたか。

「こりゃあもう使えねぇ。新しく作り直すしかないな」

「……すみません」

「なぁに気にするな。鍛冶ってのは中々上手くいかねぇもんよ。根気強さには自信があるからよ。さぁ気を取り直して次行くぜ！」

「はいっ！　親方！」

砕けて駄目になった鉄をもう一度溶かし、再度同じ工程を繰り返す。

叩いて伸ばし、術式を編み込む――が、何度やっても駄目。

どうしても術式を編み込む際に剣が砕けてしまうのだ。

容量が多すぎるのかと思い、試しに術式を三分の一に分割しても上手くいかない。

ならばと込める魔術を『火球』まで落としたが、それでも砕けてしまう。

どうも手詰まりのようだ。

折れた剣を見ながら、俺は肩を落とす。

「うーん、難しいですね……」

「魔剣の製作はそう簡単じゃねぇ。落ち込むなよロディ坊」

笑顔で俺の肩を叩くディアン。

一見怖そうな顔だが、なんとも心が広い事だ。

「ロディ坊が込めている術式、相当な情報量が込められていやがる……魔剣製作の現場は見たことあるが、他の付与魔術師の十倍近いぞ。あんな術式が込められた魔剣が完成したら……へへ、楽しみで仕方がねぇぜ！」

かと思えばにやけ顔でブツブツ言っている。

もしやプレッシャーをかけているのだろうか？

うぅ、出来るだけ早く完成させねば……


「……ん？」


ふと、俺は魔髄液を見てあることに気づく。

俺が以前作ったのに比べると、これは色が少し違うように思える。

グリモもそれに気づいたようだ。

「ロイド様、こいつはあまり純度が高くないですぜ。恐らく混ぜ物をして嵩増《かさま》ししているんでさ」

「ふむ、分解してみるか」

俺は魔髄液を小さな器に入れると、手をかざし『純度上昇』の魔術を発現させる。

これは液体の純度を上昇させる魔術で、混合物に使えば素材にまで分解できるのだ。

液体が淡い光を放ち、回転し始める。

「何をやってるんだ？　ロディ坊」

「まぁ見ててください」

ディアンを待たせて魔術をかけ続ける事しばし、液体が何層にも分かれ、底に顆粒《かりゅう》が溜まり始めた。

赤い粒だけでなく、茶色や黒の粒が混じっている。

やはり混ぜ物をしているのか。しかもメインで使われているのも赤魔粉じゃないような気がする。

「強い魔物の持つ核、赤魔粉はそれを削って粉末にしたものだが、どうもこれは違う気がするな」

「強い魔物の核なんてそう簡単に手に入るわけじゃねぇですからね。恐らく弱い魔物の核で代用しているんでしょう。品質はかなり落ちますが付与に使うにはこっちで十分、ですが魔剣製作にはちと厳しいんでしょうな」

「へぇ、詳しいんだな。グリモ」

「魔界では少しは聞こえた名の鍛冶師だったんでね。へへ」

得意げに笑うグリモ。

鍛冶の専門知識はないから助かるな。

ともあれ赤魔粉の純度不足は問題だ。

純度が低ければ術式を込めても効果を発現する際に粗くなり、正確な術式通りに発現もしなければ暴走もしやすい。

こんな事なら以前作った魔髄液を残しておけばよかったな。


「どうした？　魔髄液が悪いのか？」

「そのようです。純度が足りないみたいで……」

「むぅ、そういえば以前魔剣の製作現場を見たことがあるが、特別な魔髄液を使っていた気がするな。やはりそれでないと難しいか……ダメ元でやってみたんだが、やはりダメだったな。はっはっは」

どうやらディアンには心当たりがあったようだ。

なら先に言っておいて欲しかった。

「仕方ねぇ。ダメ元でバートラムにいる師匠に分けてもらえないか打診してみるか。あるいは冒険者ギルドに在庫を聞くか、はたまた募集を出してみるという手も……どちらにしろ望みは薄いな。とにかく手に入るまで、作業は中断だ。悪いなロディ坊、また手に入ったら再開しようぜ」

ディアンはそう言って、残念そうにため息を吐いた。

冒険者、ね。

もしかしたら何とかなるかもしれないな。よし、俺の方でも動いてみるとするか。


「上質な魔物の核、でございますか」

目の前の銀髪メイド、シルファが驚いた顔をした。

彼女は俺の世話係兼剣術指南役である。

「うん、シルファは昔冒険者だったんだよね。もしかしたら持ってないかなと思って」

そして、元Aランク冒険者だ。

騎士団長の娘である彼女は剣の技を磨くべく、かつて修行の為に冒険者をやっていたらしい。

そんな彼女なら魔物の核を持っているかと思ったのだが……シルファは首を横に振る、

「残念ながら昔の話ですので。それに魔物の核は貴重です。かなりの高値で売れるので、冒険者を引退する際に手放してしまいました」

「そっかぁ。残念」

むぅ、空振りか。

もしかしたらと思ったが……そう上手くはいかないらしい。

ディアンがどこかから手に入れてくるのを待つしかないか。

がっくりと肩を落としていると、シルファが微笑を浮かべているのに気づく。


「ロイド様、なければご自身で手に入れてくる、というのはどうでしょう？」

シルファの言葉にドキンと心臓が跳ね上がる。

まさか以前、城を抜け出してダンジョンに潜った時の事を言っているのだろうか。

「えっ⁉　な、何を言ってるんだいシルファ？　ははは、あははは……」

乾いた笑いを返す俺に、シルファは笑顔のまま続ける。

「欲しいものがあれば取りに行く、というのが冒険者の流儀です。如何《いかが》でしょうかロイド様、ここは一つ、冒険者になってみるというのは？」

どうやら城を抜け出した時の事ではなさそうだ。

一安心。ほっと胸をなで下ろし……先刻の発言を思い出しもう一度吹き出した。

「ぼ、冒険者⁉　誰が⁉」

「勿論、ロイド様でございます」

にっこりと笑うシルファ。これはマジの時の顔だ。

「実は先日、国王陛下に提案したのですよ。ロイド様の剣技はかなりのものになりました。さらなる研鑽《けんさん》の為に冒険者ギルドに登録するというのは如何でしょうか？　と」

いきなり何言い出すんだこのメイド。

いくらなんでも王子である俺を冒険者になんて、出来るわけないじゃないか。

「答えはイエスでした」

「イエスかよっ！」

思わずツッコんでしまう。

「曰《いわ》く、ロイド様には広い世界を見て欲しい。その為に冒険者となるのは悪い判断ではない。良い機会ではないか、活躍を期待している——との事です。……私が同行するのを条件に許可いただきました」

「へ、へぇー。そうなんだ……」

そういえば後継ぎでない貴族の三男坊とか変わり者の王族なんかが冒険者として身を立

てるなんて話を聞いたことがある。

と考えれば王位継承権のない俺が冒険者やるのもおかしくはない、のか……？

呆《あき》れた顔で返事を返すが、よく考えたら大手《おおで》を振って外に出られるじゃないか。

シルファが付いてくるとはいえ、城の外へ行けるのは嬉しい。

色んな魔術を試せるし、シロを操る実戦訓練にもなる。

「わかった。じゃあ早速冒険者ギルドへ行こう」

「はい！」

俺はシルファを連れ、冒険者ギルドへ向かうのだった。

◇◇◇

街の中央部、大通りに面した一等地に立つ一際大きな建物。

如何にもといった風貌の男女が行きかうその場所こそ、冒険者ギルドである。

「懐かしいですね」

シルファが建物を見上げ、呟《つぶや》いた。

昔を思い返すような遠い目。

冒険者をやっていた頃のシルファは一体どんな人物だったのだろう。

そんな事を考えながら、扉を開けて建物に足を踏み入れる。

「ロイド様、私はここでお待ちしています。登録をしてきてくださいませ」

「わかったよ」

俺はシルファの言う通り、ギルドのカウンターへと向かう。

座って酒を飲んでいる連中がニヤニヤしながら俺を見ているようだ。

子供の俺が珍しいんだろうな。ちょっと恥ずかしい。

なんて考えていると、いきなりにゅっと俺の足元に何かが伸びてきた。

瞬間——べぎぃっ！　と鈍い音がして俺のすぐそばに座っていた男がすっころぶ。

「ぎゃあああああっ！　い、いてぇぇぇぇぇっ⁉」

男は悲鳴を上げ、足を押さえてのたうち回っている。

一体どうしたのだろうか。

「へっ、こいつは常時魔力障壁を展開してるんだ。不意の攻撃には自動で発動するっつーな。鋼鉄でも蹴ったような感覚だっただろ？」

グリモが何か言っているが、男の悲鳴で聞こえない。

別に声をかける必要もないだろう。無視していくか。

「ま、待てっ！」


気にせず立ち去ろうとすると、男がよろよろと立ち上がってきた。

「ふざけやがってクソガキが！　よくも俺の足をやりやがったなぁ⁉」

と言いながら、殴りかかってきた。

わっ、びっくりしたな。

しかし自動で発動した魔力障壁が、男の攻撃を阻む。


「ぎゃあああああっ⁉」


殴った右手が変な方向に曲がり、男はまた悲鳴を上げている。

さっきから一人で何やってるんだろう。

よくわからないが冒険者ギルド、恐ろしい場所である。

「ぐ、ぐぐぐ……このCランク冒険者であるガラハド様をコケにして、ただで済むと思うなよ！　ボコボコにしてやー――」

言いかけて、男が吹っ飛んだ。


「ロイドーっ！　久しぶりね！」

間に入ってきたのは拳法服を着た黒髪の少女、タオ。

武術の達人で『気』の使い手であり、無類のイケメン好きだ。

以前、共に戦った知人である。


「久しぶりだねタオ。元気だった？」

「うん、それにしてもこんなところに何の用あるか？」

「冒険者登録をしに来たんだよ」

「へぇ！　それならアタシが案内するよ。こっちね」

タオに手を引かれ、カウンターに連れて行かれる。

なんか周囲からすごい見られている気がするが、きっと気のせいだろう。


「おのれぇぇぇ……！」

倒れたテーブルを退《ど》かしながら、男が身を起こす。

顔は真っ赤になっており、こめかみからは血管が幾つも浮き出ている。

男は腰元に携えた剣に手を伸ばそうとしていた。


「そこまでにしておきなさい」

男の後ろで凛《りん》とした声が聞こえる。

シルファだ。肩を軽く摑《つか》んでいるだけだが、男はそれ以上腕を動かせないようだ。

「ロイド様がその気なら、十回は首と胴がおさらばしていますよ」

「な……て、テメェは銀の剣姫、シルファ＝ラングリスっ⁉　引退したって聞いたが何故こんなところに……？」

シルファの登場に周囲がざわめく。

「本日は我が主《あるじ》の冒険者登録の付き添いです」

更に、ざわめきは大きくなった。


「おい、さっきガラハドの攻撃を防いだの、見えた奴いるか？」

「いや、全く見えなかった……まるで魔術でも使ったみたいだ」

「そりゃすげぇのさ。ギルドに数人しかいないAランクに若くして成り上がった伝説の冒険者、銀の剣姫が主と認めるほどだ」

「しかも最近上り調子であっという間にBランクまで上がったタオとも仲良くしていたぜ」

「一体何者だよあいつ……⁉」

皆が何か言っているが、ざわめきが大きすぎて聞こえない。

こんなに注目されてるなんて、やはりシルファはすごいんだな。


「冒険者登録でございますね。それではこちらの用紙に必要事項を記入してください」

受付嬢から受け取った用紙にさらさらと記入していく。

名前、住所、年齢、登録職……と、その程度のものだ。

シルファは気にせず正直に書いていいと言っていた。

俺は言われた通り、そのまま記入して受付嬢に渡した。

「ふむふむ、ロイドさんはこの国の王子様なんですね。しかもかなりお若い。冒険者は危険ですし、怪我をしたり実力が乏しければ死んだりします。それに対し冒険者ギルドは安全の保証などは全くできません。特別扱いなんかももちろんできません。それでもよろしいですか？」

「うん、大丈夫」

「そうですか。よいお覚悟です」

受付嬢はにっこり笑って用紙を受け取る。

冒険者にとって、身分なんてのは何の役にも立たない。

力なき者は地を這《は》い、力ある者は全てを得る。

完全なる実力至上主義、だからこそ修行になるとシルファは言っていた。


「さてさて書類審査はこれでオーケーですが、次はロイドさんのステータスを測定したいと思います。この水晶に手を置いていただけますか？」

そう言って、受付嬢は水晶玉をテーブルの上に置いた。

これは手をかざした相手の身体能力値を視《み》るという魔道具だ。

前世で魔術学園に入学する際もこれを使ったっけ。

以前はどういった理屈なのかわからなかったが、今の俺ならそれがわかる。

この水晶は微弱な魔力を発しており、触れた者の身体を通る事で体内に蓄積された魔力の量、身体への影響度の高さなどを測定、独自の計算式によって演算し、ステータスとして表すというものだ。

もちろん、魔力量から見たざっくりとしたものなので、目安程度の値でしかない。

戦闘技術や知識量なども含まれない為、言うなれば身体測定である。

「へっ、そんな貧弱な水晶一つでロイド様の魔力量は測れないでしょうよ。あまりの魔力量に演算処理が追いつかなくなって、一瞬でぶっ壊れてしまいやすぜ！　せめて五つは用意しやがれってんだ」

「壊してどうする。……それに俺の魔力量が詳《つまび》らかになるのもあまり良くない」

流石に水晶が壊れるなんてことはないだろうが、シルファもいるしあまり大きな数値を出して変に思われるのはマズいからな。

地味にいこう、地味に。

具体的には魔力を偽装する。

体内から流れ出る魔力を極限まで絞り、更に希薄化する。

こうすれば水晶に映る値は、本来の値よりも低くなるのだ。

……余談だが相手のステータスを読み取る魔術も存在するが、この水晶とほぼ同じような理屈なので相手の実際の強さとはあまり関係がない場合が多く、触れる必要もあるのであまり使われない。

それなりの使い手が相手なら俺みたいに偽装してくるだろうしな。

「ロイドさん？」

「あぁごめん。すぐやるよ」

俺は受付嬢に促され、水晶に手をかざす。

微弱な魔力が体内を通り抜ける感覚と共に、水晶に文字が浮かび上がってくる。

魔力値Ａ
筋力値Ｆ
機敏値Ｆ
体力値Ｆ
頑強値Ｆ
総合値Ｅ

「――ぷっ」

後ろで見ていた男が噴き出した。

「ぎゃはははは！　総合値Ｅだってよ！　普通はＤくらいいくもんだぜ！　俺なんてＣだったしな！　やっぱガキだな。しょぼすぎ――」

大笑いする男の鳩尾《みぞおち》にタオの肘鉄が、顔面にシルファの裏拳が叩き込まれた。

男はぶっ飛び倒れ、悶絶《もんぜつ》している。

「気にすることはありません。所詮は目安。特に総合値は各数値の合計でしかありません」

水晶如きにロイド様の力を測れはしませんよ」

「そうそう、アタシも最初はEだったけど、すぐに上がったね」

二人は慰めてくれたが、俺としては安堵《あんど》していた。

魔力濃度を一割以下にまで薄めても魔力値がAだったのは驚いたが、その副次的効果で他の数値が軒並み低く出て助かった。

シルファとの訓練で普通ならもっと高い数値が出てただろうからな。

ともあれこれなら変に思われることもないだろう。

そんなことを考えていると、受付嬢が難しい顔をしているのに気づく。

「魔力値A⁉　……確かに血筋と才能に恵まれた王侯貴族の方々は高水準の数値が出やすい。ですがそれでもせいぜいBやC止まり。Aなんてのは熟練の魔術師でようやく出る数値。それを僅か十歳にして……信じられないけど、水晶は最近新しいのにしたばかりだし、故障はありえない。もしかしたらこの子、世界に数人しかいないSランク冒険者に育つ器かも……！　王族なんて根性なしで、ほぼ冷やかしみたいなものだから冷たくあしらおうと思ったけどSランク冒険者の器となれば話は別。その担当となれればお給料が違うしね。今のうちから目をかけておき、大事に大事に育て上げれば……うふっ、うふふふ……」

ブツブツ言いながら、俺を見つめる受付嬢。

一体どうしたのだろうか。


「あの、どうかしましたか？」

「あぁいえ！　なんでもありません。……とりあえず登録は完了しました。規定によりEランクスタートではありますが、ロイドさんならすぐにランクアップ出来ると思いますよ。それでは早速ですが、依頼を受けて行きますか？」

「もちろん！」

「でしたらこちらの依頼などがお勧めですが」

そう言って渡された用紙に書かれていたのは、薬草採取や荷物運びなどだった。

正直どれも魔術の実験にはならなそうだし、戦闘もないので魔物の核も手に入らなそうだ。

「……うーん、魔物を倒す依頼とかはないのかな？　ダンジョンに潜りたいんだけど」

「そちらはもう少しランクを上げてから受けてください。ダンジョン攻略となると規定によりランクB以上でなければ受けられません……ぇぇそうですとも。いきなりそんな依頼をやらせて失敗して挫折でもされたらどうするっての。まずは簡単な依頼をクリアさせて、成功体験を積ませないとね。うんうん」

腕組みをして頷く受付嬢の前に、シルファがずいっと出てくる。

「実戦訓練の為の冒険者登録です。ロイド様に草むしりや運び屋などさせるわけにはいきません。元Aランクである私が代わりに依頼を受けます。それなら問題ないでしょう」

「ダメです。シルファさんはもう引退なさったでしょう」

「ではもう一度、登録いたします」

「それもダメです。再登録の際は2ランク落としたCスタートです」

「……融通が利きませんね」

「……規定ですから」

二人は火花を散らし合うように睨《にら》み合《あ》っている。

「あーあー、ん、んんっ！」

そこへタオがわざとらしく咳払いをしながら割って入ってくる。

「おやおや、丁度ここに手空きのBランク冒険者がいるみたいね。それにパーティも募集している。……ねぇロイド、アタシとパーティを組んでダンジョンに行くというのはどうね？」

そしてぱちんとウインクをするのだった。

依頼内容はサルーム城下町から東へ半日ほど行った場所にあるダンジョンの魔物の駆除。

ダンジョンで生まれた魔物は基本的にはその中にいるのだが、狭くなってくると外へ出るものも多い。

そうなれば外を魔物が徘徊《はいかい》するようになり旅人たちの危険度が増す。

なので冒険者ギルドは定期的に冒険者を派遣し、魔物の駆除を行っているのである。

もちろん、ダンジョンを潰しても構わないとの事なので遠慮なく潰させて貰《もら》い、ついでに核をゲットするとしよう。

余談だが、受付嬢は俺にくれぐれも気を付けるようにと言っていた。

危険だから死んでも文句言うな、みたいなことを言っていたのに……いざとなると案外いい人なのかもなぁ。


「でもわざわざ冒険者にならなくてもさ、俺に実戦経験を積ませたいなら適当なダンジョンに行けばよかったんじゃないの？」

「ダンジョンは新たに生まれたり、潰されて消滅したり、はたまた移動したりと、かなりの頻度で位置が変わります。ひと月もあれば地図は役に立たなくなるほど。大量の冒険者を束ねるギルドでなければその正確な位置を把握するのは難しいでしょう」

「ちなみに移動しないタイプの大型ダンジョンは管理され、ギルドカードが通行証代わりになってるよ。冒険者以外がダンジョンに入るのはちょっと難しいね」

「手に入れたアイテムも買い取ってもらえますしね。その他諸々、良い勉強になるはずですよ。……ん、どうやらあれのようですね」

シルファの指差す先に視線を送ると、街道からやや離れた林の中、木々の隙間から洞穴が見える。

「あのダンジョンね！　早速向かうとするよ！」

「待ちなさい」

駆け出そうとするタオの襟首を、シルファが引っ張る。

「ちょ！　何するか！　首が絞まったよ！」

「依頼を受けて下さったのは感謝しますが、あくまでもロイド様が主体です。貴方が先行しては意味がありません」

「むぅ、わかってるよ。戦闘も極力は手を出さない、でしょ」

タオはつまらなそうに唇を尖《とが》らせる。

俺たちと同行するのは構わないが、あくまでもこれは俺の実戦訓練。

なので出来るだけ手を出さないようにとシルファは言っていた。

代わりにこの依頼が終わったら、アルベルトとの茶会を催すと約束している。

「ふひひ、アルベルト様とのお茶会、楽しみある♪」

ウキウキしているタオを冷たく見下ろすシルファ。

というかアルベルトの許可なく勝手に約束してるが大丈夫なのだろうか。

とりあえず、俺としては自由に動けて助かるけどな。

「それじゃあ行こうか、シロ」

「オンッ！」

俺の傍らで元気よく吠えるシロ。

そう、このダンジョンでのもう一つの目的は、シロがどれくらい使えるかという実験だ。

魔力を使った魔獣の扱い方も大体わかったからな。

実戦で色々試してやるぜ。


早速洞窟の中に足を踏み入れた。

シロに先頭を歩かせ、周囲を警戒させながらゆっくりと進む。

その後ろをシルファとタオが付いてくる。

「ヴヴヴ……」

シロが唸《うな》り声《ごえ》を上げ、前方を睨みつけた。

む、魔物だろうか。俺は『噛《か》みつけ』と念でシロに命令を飛ばす。


「オンッ!」


俺の命令を受け、シロは暗がりの奥に飛びかかった。

ぎゃあ! と声がして暗がりの中から何かが出てくる。

子供ほどの大きさの、角の生えた魔物、ゴブリンだ。

「オンッ！　オンッ！」

シロはまだ吠えている。どうやら奥にもまだいるようだ。

む、吠え声が遠ざかっている？

ゴブリンたちが逃げているのをシロが追っているのか。

くそ、向こう側が見えないから、どうなっているのかわからんな。

何にせよ深追いはまずい、俺は戻るよう念を送る。

「ギシャアーっ！」

「おっと」

シロの方に気を取られていると、ゴブリンが棍棒《こんぼう》で殴りかかってきた。

跳んで躱《かわ》し、腰に差していた剣を抜く。

ディアンが俺にと持たせてくれたものだ。

実際使って感覚を覚えてこいという事だろう。

遠慮なく試させてもらうとしよう。

「ふっ」

短く息を吐き、剣を振るう。

その時、ふと自分の動きに違和感を覚えた。

やべ、シルファの剣技をトレースしてない。

だが思ったよりは剣筋は悪くない。

シルファの剣技を何度もトレースしてきたから、無意識のうちに体が覚えたのかもしれない。

ゴブリンはそれを防ごうと棍棒で受ける。

――が、剣はずばっと棍棒ごとゴブリンの身体を切断した。

何が起きたかわからないといった顔でゴブリンは崩れ落ちる。

おお、すごい切れ味だ。付与した剣って思った以上に凄いんだな。

「オンッ！　オンッ！」

吠え声が戻ってきた。

足音は多数聞こえる。ゴブリンを追い込んできたのか。ナイスだシロ。


「ギッ⁉」「ギシシ⁉」


追われながらも俺を見つけたゴブリンたちは、武器を構えて向かってきた。

数は五匹、まずは動きを止める。

ゴブリンたちに向かって土系統魔術『土球』を放つ。

本来は土の塊を撃ち出すのだが、術式を弄り土の粘度を大幅に強化して粘着質な泥の塊として撃ち出した。


ばしゃあ！　泥を被ったゴブリンたちの動きが止まる。

ねばねばして動きが鈍った。

そこへ踏み込み、剣を横薙《よこな》ぎにする。

「ギャアアアア⁉」

一刀両断され、ゴブリンたちは次々と倒れ臥《ふ》す。

ふぅ、ちょっと焦ったな。やはり剣は苦手だ。

安堵の息を吐く俺の足元で、泥が蠢《うごめ》く。

「ギシャアッ！」

奇声を上げながら泥まみれのゴブリンが飛びかかってくる。

うおっ、やられたふりをして泥の中に隠れていたのか。

「オンッ！」

俺が応戦しようとした瞬間、駆けてきたシロがゴブリンの首筋に噛み付いた。

しばらくジタバタしていたゴブリンだったが、すぐに動かなくなる。

「ありがとなシロ。助かったよ」

「くぅーん」

俺が撫でてやると、シロは心地よさげに喉を鳴らしてきた。可愛い。

ちらりと後ろを見ると、シルファとタオが何やら話しているのが見える。

「ふひひ、流石の無愛想メイドも焦ってたあるか？」

「……いいえ、微塵《みじん》も。ロイド様を信じていましたから」

「ならどうして剣の柄を握り締めてるよ。心配性ね」

「それを言うならあなたこそ。拳を固めたままですよ」

「む……」「ふっ……」

何を言ってるのかよくわからないが、二人共笑っているように見える。

この二人意外と、気が合うのかもしれない。

「それにしても初めての実戦にもかかわらず、剣筋に乱れは見られなかった……剣術ごっこの成果は出ているようですね。見事ですロイド様」

「まだ子供というのに、魔物を殺すのに全く躊躇《ちゅうちょ》してないね。それに魔術を織り交ぜた戦いぶりも良い。ロイドは相当なツワモノに育つよ」

ブツブツ言いながらついてくる二人。

……見られながらってのはちょっとやり辛《づら》いな。

斬り伏せたゴブリンたちがダンジョンに飲み込まれていく。

ダンジョンというのは大きな魔物のようなもので、その内部で倒れた生き物は吸収されその糧となるそうだ。


「オンッ！」

「ん、どうしたシロ」

ゴブリンが飲み込まれた後に落ちていた小さな赤い石を、シロが咥《くわ》えて拾い上げる。

「なるほど、これが魔物の核ってやつだな」

ダンジョンの核に比べると、小さいし不純物がかなり混じっている。

これでは十分な術式を編み込む事は難しいだろうな。

落ちていたのは一つだけ、以前ダンジョンに潜った時には落ちなかったし、結構レアなのだろう。

ま、とりあえず拾っておくか。

「オンッ！」

シロが早く行こうとばかりに尻尾をぶんぶん振りながら、俺を急《せ》かす。

……さっきもそうだったが、シロが完全に俺の思い通りに動いてくれないのは問題だな。

というか俺も常時念を送ってシロに命令するのは面倒だ。

よし、ちょっと術式を組むとするか。


状況に応じて自動でシロに命令を送る術式だ。

これなら俺が命じずとも、勝手に戦ってくれるからな。

「えーと……敵のいない状態では俺の前を先行して歩く。接敵時は即戦闘態勢に移行。近距離、中距離では戦闘状態では噛み付く、引っ掻《か》くなど自由に攻撃して良し。俺の命令があれば即従う事。俺から距離を取りすぎるのは禁止、遠距離では――」

「ロイド様、楽しそうですねぇ……」

術式を弄りまくっている俺を見て、グリモが呆れたように呟く。

「うん、楽しいよ。特にシロは俺の思い通りに動いてくれないから、術式の組み甲斐《がい》があるよね」

「は、はぁ……」

行動自由度も高く、実体を持つため様々な使い方ができる、しかも可愛い。

魔獣ってのはいいもんだな。

「……よし、とりあえずこんなもんでいってみるか。あとはその都度状況に応じて命令を組み替えていけばいい」

「オンッ！」

「やれやれ、まるで操り人形だな……同情するぜ、犬っころ」

何故か深いため息を吐くグリモ。一体どうしたのだろうか。

ともあれ俺たちは順調にダンジョンを進んでいく。


最終的に組んだ命令は、待機状態ではシロには俺の3メートルほど先を歩かせ、索敵。

魔物を見つけたら一度吠えて俺に知らせる。

逃げるようなら相手の移動手段を奪い、それが難しそうなら待機。深追いはさせない。

その場に留まったり向かって来るようなら攻撃開始。

複数相手では逃がさないように回り込み、俺の方へと追い込む。

……とまぁそんな感じだ。

何度か魔物と戦って、この形に落ち着いたのである。


「オンッ！」

歩いているとシロが吠え、ゴブリンが飛び出してきた。

シロは即座に噛み付き、あっという間に倒してしまう。

命令を術式で制御出来るようになって手が空いた俺は、シロで実験をしていてあることに気づいた。

シロの爪や牙に纏わせた魔力を性質変化させてより鋭くすると、魔物相手でもかなり効果的だ。

殲滅《せんめつ》速度も上がったおかげで、出てくる魔物は半分くらいシロが倒していた。

「ロイドー！　わんこにばかり倒させてたら功夫を積めないよー！」

「わかってるよー！」

と返事しつつ、まだまだシロには頑張ってもらうつもりである。

魔力の性質変化は自分だけならともかく、他人に施すのは結構難しい。

自分ではないものには上手くイメージが乗せられないんだよな。

俺本人にやるよりも、その威力、精度はかなり落ちる。

要練習だな。そしてこれも最終的には自動化させたいところだ。

「おっ、そろそろゴールかな」

目の前に大きな穴が空いている。

以前潜った時もボス部屋にはこんな大穴が空いていたっけ。


「オンッ！」


シロがいつも通り敵に向かっていくと、早速戦闘音がし始めた。

さーてボス相手にどれだけ戦えるか、見せてもらうとするかね。

部屋へ入ろうとした瞬間、俺の目の前に障壁が生まれ、ごんっと頭をぶつける。

「いてて……これは一体なんだ……？」

叩いてみるがビクともしない。

どうやら外から入れないようになっているようだ。

「ボス部屋で戦闘が始まったら、終わるまで他の者たちは入れないようになってるんでさ！」

「あぁ、そういえばこんなのあったっけ」

ボス部屋の入口にはダンジョンを魔力供給源とした強力な障壁が張られているのだ。

恐らくボスに見つかった時、発動条件が満たされたのだろう。

そしてシロだけが内部に閉じ込められてしまった。

「退くよ」

俺のすぐ横で声が聞こえる。

タオだ。一呼吸の後に、『気』を込めた掌底を放つ。同時に――


「ラングリス流双剣術――狼牙《ろうが》」


シルファも突進しながら斬撃を繰り出す。

二人の同時攻撃、にも拘《かかわ》らず障壁はびくともしない。

「この障壁、条件を限定する事で強度を極限まで上げているようだ」

条件を組み込む事で術式はより強い力を発する。

この場合は場所とタイミングを限定することで効果を上げているんだな。

無理やり破れなくもないが、かなり時間を要するだろう。


「きゃいん！」


吹き飛ばされたシロが壁に叩きつけられ悲鳴を上げた。

巨大なゴブリンがそれを見下ろし、ニヤついている。

あれはゴブリンの上位種、ホブゴブリンである。

その拳は血に濡《ぬ》れていた。

どうやら戦闘力にかなりの差があるようだ。

「くっ、この障壁、実体のない自分でも通り抜け出来やせんぜ！　あのままじゃ犬っころは……」

歯噛みするグリモ。

だが、手はある。

この手の固定障壁は無防備にそれを晒《さら》している為、術式の書き換えに弱い。

術式を弄って崩壊させてやれば、障壁自体を脆くする事が可能。


まずは条件を取っ払ってやる。

厳しい条件を成立させることでその分、強固な障壁となっているが、そこら辺をフリーにすればかなり強度は下がるはずだ。

えーと術式書き換え……と。よし、これだけでもかなり脆くなったはず。

「二人共！　もう一度攻撃して！　今度は全力で！」

「……！　わかりました」

「了解ある」

俺の声にシルファとタオが頷き、構える。

呼吸で気を体内に充足させ、踏み込んだ。


「百華拳一点突破の型――雷火崩拳」

「ラングリス流双剣術――獅子咆哮《ししほうこう》」


ずずん！　と凄まじい衝撃と共に障壁が揺れる。

「くっ……！」「あうっ……!?」


シルファの剣は砕け散り、タオは拳を押さえて蹲《うずくま》った。

だが障壁の中心には小さなヒビが入っている。

それは徐々に広がっていく。そして――がしゃああん！　と粉々に崩れ去った。


「シロ！」

俺は障壁を抜け、駆ける。

シロを踏み潰そうとしていたホブゴブリンが、俺に気づきこちらを向いた。

「グルオオオオオ！」

「——邪魔だ」

咆哮の終わらぬうちに、剣を握った俺の右手——グリモが黒い魔力波を放つ。

ホブゴブリンの口内を撃ち抜き、顔面を吹き飛ばした。

崩れ落ちるホブゴブリンを一瞥《いちべつ》し、俺はシロに声をかける。

「シロ、大丈夫か？」

「くぅーん……」

弱々しい鳴き声を上げるシロ。

結構ダメージは大きいな。

逃げに徹していればここまでにはならなかったのに、俺の命令を愚直に守ったからこうなったのだ。

命令を自動で出すのは臨機応変さを殺すからよくないな。要検討である。

「ロイド様、早く回復してやってくだせぇ」

「おっと、そうだったな」

分析は後にして、シロの傷口に手をかざす。

治癒系統最上位魔術『治癒霊光』。

優しい光がシロを包み、傷を癒していく。

光が収まるとシロはパッチリと目を開け、俺の腕から飛び降りた。


「オンッ！」


そして元気よく吠え、尻尾をぶんぶん振る。

どうやら完全に回復したようである。

「へっ、よかったじゃねぇか犬っころ」

「オンオンッ！」

グリモがからかうと、シロは俺の右手を舐めた。

「あの障壁を弱体化させた……？　魔術の一種だと思うけど、あんな真似《まね》が出来るなんて只者《ただもの》じゃないよ。それに使い手の少ない治癒魔術まで……ロイドの魔術師としての才能は、アルベルト様をも凌駕《りょうが》するのかもしれないあるな……」

「今の黒い剣閃《けんせん》、まさか魔術と剣術を合わせた魔剣術……？　魔剣で使うものなら我がラングリス流にも裏技として存在します。ですがそれでも使える者はごく少数。我が父ですらまともには扱えない技……！　両方の才を持つロイド様ならば可能なのでしょうか。咄《とっ》嗟《さ》の事でしたから流石に自分でもはっきりとは理解していないでしょうが……ふふふ、ロイド様、貴方という人はどこまで底が知れないのでしょう……！」

二人が何やらブツブツ言ってるが、こっちはじゃれてくるシロの相手でそれどころではない。

こらこら、くすぐったいぞ。

ホブゴブリンを倒した事で奥の部屋が開かれる。

足を踏み入れると、そこには宝箱が眠っていた。

「お宝ね。でもここのダンジョンは小さかったし、大したアイテムは出ないでしょ」

「ええ、ですがロイド様の目的は上質な魔物の核。それはここにあります」

そう言ってシルファはじろり、と宝箱を睨《ね》め付ける。

途端、宝箱の様子が変わった。

何か意思でも持っているかのように、逃げる気配を出し始める。


「ふっ！」


シルファは短く息を吐くと、スカートを翻らせ仕込んでいた短剣を投げ放つ。

それを高速で跳んで躱す宝箱。

シルファが投げる短剣を、躱す。躱す。躱す。

「なっ⁉　宝箱が飛び跳ねてるある⁉」

「倒してください」

「わ、わかったよ——いやあっ！」

タオが高速で移動する宝箱に回し蹴りを放つ。

見事命中し壁に叩きつけられる宝箱だが、全く効いている様子はない。

起き上がるとまた元気に跳び回り始める。

「なんなのこいつ⁉」

「ダンジョン最奥にある宝箱というのは、実は魔物の核なのです。とても上質ですが、非常に硬くて素早い。簡単には倒せません」

確かにそれを知っている者なら低レベルダンジョンでは上質な魔物の核が簡単に手に入るもんな。

Aランクのシルファや Bランクのタオですら苦戦しているようだし、かなり面倒そうな相手である。

ただ、俺も核が必要だ。逃がすわけにはいかない。

俺の背後にある入口から逃げようとする宝箱の進路に魔力障壁を展開する。

直後、がんっ！　と鈍い音がして宝箱がぶつかった。

そしてぽとり、地面に落ちた。

その隙を見逃さず放たれた短剣が突き刺さり、宝箱は動かなくなった。

「ロイド様、今何かなさいましたか？」

「いや？　勝手に壁にぶつかっただけだよ」

「……ふむ、そうですね。宝箱はとても魔力耐性が高い。如何にロイド様と言えど、ダメージを与えるのは難しいでしょうし」

そうなのか。前やった時は普通に風系統魔術で一撃だったけど。

やはり普通に倒さなくて正解だった。

危うく怪しまれるところだったぜ。


「おー、動かなくなったね」

「じゃ、俺が貰っていくけどいいかい？」

「どうぞお好きに。……その代わりシルファ、例のヤツ、くれぐれもよろしくある。ふひひ」

「はいはい」

ニヤつくタオの耳打ちに、シルファは冷たく返すのだった。

ダンジョンから出ると、目の前の大木から人の気配を感じる。

タオもそれを感じ取ったのか、声を上げた。

「そこにいるのは誰あるか⁉」

舌打ちをしながら出てきたのは、一人の男。

ん、この人どこかで見た気がするな。

「貴方は確か……ガラパゴスでしたか。こんな所で何をしているのですか」

「ガラハドだっ！　……そこのガキがズルこいてねぇか見に来たんだよ」

ズルってなんだろう。俺が首を傾げていると、タオが補足する。

「思い出した。あの男、新人潰しのガラハドね。有望な新人が来るたびにしつこく因縁つけてきて、潰しにかかる性悪冒険者よ」

「なんと暇な……そんな事をしている間に自身の技を研鑽すればよいでしょうに……」

「そんな努力が出来るならこんなことしてないよ。もうこの男、強くなるのを諦めてるね。だからこうやって人の足を引っ張る事しかできないある」

「それはなんとも……悲しい事ですね……」

タオとシルファは、男に憐《あわ》れむような視線を向けている。

「う、うるせぇっ！　黙れ黙れ！」

男は激昂《げきこう》し、顔を真っ赤にして声を荒らげた。

「弱っちいただのガキが強ーいお姉さんたちに代わりに戦ってもらって、手柄だけ横取りするような真似でランクを上げられちゃあ、冒険者全体の質に関わるんだよ！　だから不正が行われてないか見にきたのさ！　……だがダンジョンから出てきたばかりだというのにその身綺麗《みぎれい》さ。やはりテメェは全く戦っていないようだな！　ギルドに報告してや――」

「オンッ！」

男が言い終わらぬうちに、シロがその足に噛み付いた。

「うぎゃあああああっ⁉　い、いてぇぇぇぇえっ⁉」

あ、敵を見つけたら即攻撃する命令をまだ解いてなかったっけ。

いきなり噛み付くのは危ないもんな。あとで解いておこう。

男は何とか振り払おうとしているが、シロは離さない。

「おーいシロ、離してやれ」

「グルルル……」

唸り声を上げながら男を離すシロ。

ビビって蹲る男に、タオとシルファが歩み寄る。

「言っておくけどアタシたち、ダンジョン攻略には殆ど手出ししてないよ。敵は全部ロイドとシロが倒したね」

「言っておきますが今、あなたを怯《おび》えさせているこのシロはロイド様の使い魔なのですよ。使い魔の力は当然主人であるロイド様より圧倒的に下なのは理解出来ますよね？　出来たらそれ以上恥を晒さぬうちに姿を消しなさい」

「ひ、ひいっ⁉」

二人が何かブツブツ言っていたかと思うと、男は一目散に逃げ出すのだった。

「ところでタオ、依頼達成の報告頼んでもいいかな？　急いで戻らなきゃいけないんだ」

俺は魔物の核を取りに来ただけだしな。

報告とかどうでもいいから、早く城に戻って魔剣製作を再開したい。

「そりゃ構わないけれど……報酬はどうすればいいの？」

「タオにあげるよ。世話になったからね」

「ふむ、そういえばロイドは王子。お金には困ってないか。わかったよ。ギルドにはロイドの活躍を余すところなく報告しておくから安心するといいよ」

ビシッと親指を立てるタオ。

「……くれぐれも正確にね」

「もちろん！　任せておくね！」

……なんかある事ない事吹き込みそうで少し不安なのだが……まぁ別に冒険者をやる事なんてたまにしかないだろうしな。

別に気にする事でもないか。

俺はタオに別れを告げ、城へと戻るのだった。

城に戻った俺は、早速ディアンの工房へ向かう。


「おう、ロディ坊じゃねぇか。近頃姿を見なかったが、どこ行ってたんだよ」

「すみません。実はこれを手に入れに」

そう言って手に入れたダンジョンの核をディアンに見せる。

「これは……魔物の核か！　純度も申し分ない……どこから手に入れたのかわからねぇが、よくやった！　俺も方々手を尽くしてはみたもののどうしても手に入らなくて諦めかけてたんだが……ったく、やるじゃねぇかロディ坊！」

嬉しそうに俺の背をバンバン叩くディアン。

痛い痛い。


「そ、それより早く魔剣を作りましょう」

「へっ、そうだったな……ったく、既に俺より魔剣に夢中かよ。兄として、鍛冶師として立つ瀬がねぇぜ。親方が聞いて呆れらぁな」

ディアンは何かブツブツ言っている。

どうでもいいけど俺は早く魔剣製作に取り掛かりたいんだがな。


「何してるんですか、親方」

「親方じゃねぇ！　ディアンと呼べ！」

また呼び方を変えろとの要望である。

そろそろ混乱してきたぞ。

ていうか兄相手に呼び捨ては流石に無理だろ。

「は、はい。ディアン兄さん」

「……ちっ、まぁいい」

ディアンは少し不機嫌そうな顔をしたが、結局この呼び方で納得したようだ。

そして魔剣製作が始まった。

といっても既にレシピはある。材料も揃《そろ》ったのであとはその通りにやるだけだ。

手順通り、丁寧に、根気よく押し進めていく。

そして――


「出来た……！」

金床に置かれたこの長剣こそ、二人で作り上げた魔剣。

一見無骨ではあるが、それが美しくすら感じられる見事な業物《わざもの》だ。

銀に輝く刀身には薄っすらと朱色が混じっている。

何度か見たことがある魔剣と、見た目は殆ど違わないように見える。

「いい出来映えですね」

「おう、そうだ。こいつにも名前を付けなきゃな。……俺とお前の名を取って、ディロードってのはどうだ？」

嬉しそうに剣を撫でるディアン。

名前なんてなんでもいいが、本人がいいならそれでいいだろう。

「良い名です。とてもかっこいいのではないでしょうか」

「へっ、そうかそうか。……これも全てお前のおかげだぜ。ありがとよ、ロディ坊」

念願叶《かな》って感動したのか、ディアンは少し涙ぐんでいる。

魔術が撃てるのが嬉しいんだろうな。うんうん。気持ちはわかる。

「早速試し斬りしましょう！」

「そうだな。外へ行くぜ！」


ディアンと共に向かったのは、魔術などの練習に使われる射撃場。

百数十メートル四方のだだっ広い空間で、城の魔術師たちが今日も魔術の修練に励んでいる。

その中にいたアルベルトが俺たちに気づき、歩み寄ってきた。

「やぁディアン、それにロイド。一体どうしたんだい？」

「へへ、ついに魔剣が完成したんだよ、アル兄ぃ」

「おおっ！　それはすごいじゃないか！」

「ロディ坊のおかげさ。もちろん紹介してくれたアル兄ぃにも感謝してるぜ」

「そうかそうか。……ディアンの協力があったとはいえあっさり魔剣を完成させるとは、

やはりロイドの才能は素晴らしい。しかもまだまだ伸び代があると見た。全く末恐ろしい弟だよ。ふふふふふ」

アルベルトが何かブツブツ言いながら、俺をじっと見ている。

いいから早くやりたいんだけどな。

「それで試し斬りというわけかい？」

「おう、当然アル兄ぃも見ていくよな」

「もちろんだとも。特等席で見させてもらうとしよう……おい、準備しろ」

アルベルトが部下たちに的を用意させる。

ディアンが魔剣を握り構えると、赤い光が刀身に宿る。

魔剣に込めた術式は持ち主が握るとその魔力に応じ、起動。意思を持って振るう事で術式が連結起動し、刀身に込められた『炎烈火球』が発動する――というものだ。

どうやら今のところ術式は上手く働いているように見えるが、まだ安心はできない。

ディアンの一挙一動を固唾《かたず》を呑んで見守る。

「それじゃあ……いくぜっ！　吠えろディロード、敵を焼き尽くせっ！」

気合と共に魔剣を振り下ろすディアン。

空間に炎が生まれ、前方に吹き出した。

ごおおお！　と燃え盛る炎が的を目掛けてまっすぐ飛んでいく。

炎は芝を焼き、宙を焦がし、的を貫き、遥《はる》か彼方へと消えていった。

おおっ、成功だ。

俺の組み込んだ術式の通り『炎烈火球』が発動したな。

その出来栄えに満足していると、すぐ横にいた兄二人は驚愕《きょうがく》の表情を浮かべていた。

「な、なんだありゃあ⁉　的ごとぶっ飛ばして見えなくなるまで伸びていったぞ⁉　普通の魔術じゃありえねぇ……！　ロディ坊の奴、一体どんな魔術を込めやがったんだ……？」

「し、信じられない威力……！　まさかとは思うが最上位魔術を込めた……いやそんな魔剣は見たことがない……一体何がどうなっているのだ……⁉」

二人は驚きのあまりだろうか、あんぐりと大口を開けている。

やべっ、少し威力が高すぎたか。どうにか誤魔化さないと。

「わ、わぁー。凄い威力だなぁー。もしかしてディアン兄さんの作った剣と俺の魔術との相性がすごく良かったのかなー？」

なんて誤魔化そうとしてみるが……少しわざとらしかっただろうか。

あらゆるものには相性というものが存在する。

それは魔剣も同じで、同じ術式をかけたとしても術者との相性によりその能力に差異が生まれるのだ。

「おう、それなら聞いたことがあるぜ！　魔剣製作ってのは鍛冶師と魔術師の相性により出来栄えは全く違ってくるってな！　つまりこれだけの魔剣が出来た理由は――俺とロディ坊が相性最高の名コンビだったたってことだな！」

助かった。ディアンは納得してくれたようだ。

ほっと胸を撫で下ろしていると、アルベルトが目を細めているのに気付く。

「……待て」

だ、駄目か。流石に魔術の素養があるアルベルトは誤魔化しきれないか。

俺は観念し目を瞑る。

「聞き捨てならないな。言っておくがロイドと相性が最高なのはこの僕だ」

「えぇー……」

ディアンは不服そうに声を上げ、俺はずっこけそうになる。

アルベルトが変なところで張り合い始めた。

よくわからんがとりあえず誤魔化せたようだしな。

今度からはもっと弱めの術式を組んでおこう。


あの後、アルベルトも交えてもう一度魔剣製作に挑戦した。

だが敢えて手を抜き、思いっきり弱体化させた『火球』を魔剣に込めたのだ。

その出来栄えにディアンとアルベルトは首を傾げていたが、さっきの成功はただの偶然という事で何とか誤魔化せたのである。

あまり俺の評価が上がるのもよくないし、下手したら魔剣ばかり作らされそうだしな。

魔剣製作は楽しかったが、それをずっと作り続けるのも面倒な話である。

俺がやりたいのはあくまで魔術。魔剣製作はその一環でしかないのだ。


「むぅ、さっきみてぇな火力は出ねぇなぁ……」

「残念だが仕方あるまい。ま、ロイドと本当に相性がいいのは僕の方だったようだな。ははは」

アルベルトはなぜか嬉しそうである。兄ながらよくわからない人だ。

「それにあそこまででなくても魔剣は魔剣だ。十分使い道はあるさ。……ディアン、約束通り例の計画に協力してくれるね？」

「あぁ、もちろんだぜ」

例の計画とは一体なんだろう。

首を傾げる俺を見て、二人はにやりと笑うのだった。

「魔剣部隊ですか!?」

思わず声を上げる俺を見て、二人は再度にやりと笑う。

「――あぁ、それがディアンにお前を紹介する条件でね。我が近衛たち全員に魔剣を装備させようと思っているのだ」

「この国で魔剣製作が出来るなんて夢にも思わなかったがよ、出来ちまったもんは仕方ねぇ。やってやろうぜロディ坊！」

力強く握手するディアンとアルベルト。

まさかこの二人、魔剣を量産して部隊に投入するつもりだったとは。

確かにロマンのある話だとは思うが……。

「ひいては近衛以外……流石に魔剣までは無理にしても、働きの良い兵士には付与した剣くらいは与えてやりたいところだな。最終的には城の全兵士に持たせれば最強の部隊が出来上がるだろう」

「くぅ～っ！　いいじゃねぇか！　ワクワクしてきやがったぜ！」

おいおい、しかも城の兵士全てかよ。いくらなんでも無理に決まっているじゃないか。

普通の魔物の核ですら中々手に入らないんだぞ。

なんて考え呆れていると、俺の袖を何かが摘まんでいるのに気付く。


「くぅーん」

「ん、どうしたんだシロ」

「オンッ！」

シロだ。シロは俺を引っ張り、走り始める。


「わわっ⁉」

「おいおいロイド、どこに行くつもりだよ。お前がいなきゃ始まらないんだぞ！」

「そう言われても……ま、また後でーっ！」

俺はシロに引かれながら、その場を後にするのだった。

連れて行かれた先は第六王女、アリーゼの住まう塔である。

一体こんなところに何の用だろうか。


「オンッ！」

「いいから来い、と言っているようですぜ」

「はいはい、わかったよ」

俺はシロに促されるがまま、塔の扉を叩いた。

中から出てきたのは御付きのメイド、エリスだ。

その顔は何故かやけに疲れているように見える。

「これはこれはロイド様。ご機嫌麗しゅう」

「やぁ。なんだか疲れているみたいだね」

「えぇ……最近どこから来たのかまた魔獣が増えてしまいまして……はぁ、どうにかならないものですかねぇ……」

どうやらアリーゼがまた魔獣を誘《おび》き寄せたようである。

本当に寄せ餌みたいだな。こんなアリーゼの世話は大変そうだ。

「そういえばロイド様の犬と似ていたような……」

首を傾げるエリスを置いて、シロはずんずん塔の中へ進んでいく。

こらこら勝手に入っちゃ駄目だろ。


「オォーーーン！」

塔の中心でシロが遠吠えをする。

すると辺りの茂みから、ひょこひょこと何かが出てきた。

「ワンワンッ！」

「キャンキャン！」

甲高い声を上げながらシロに駆け寄ってくるのは以前森で出会ったシロと同種の、ベアウルフたちだ。

シロより一回り小さいその姿はまるでミニシロである。

俺とシロはあっという間にミニシロたちに囲まれてしまった。

「あらあらあなたたち、どこへ行くのかしら？」

それを追って現れたのはアリーゼ。しかもさらに小さなシロ――プチシロを数匹抱きかかえている。

「まぁロイド！　また来てくれたのねっ！　姉さん嬉しいわぁーっ！」

「わぷっ⁉」

プチシロたちと一緒に抱きしめられ、ぎゅーっと締め付けられる。く、くるしい……。

「ワンッ！」「キャンッ！」

しかもミニシロたちまで擦り寄ってくる。

一体どうしたんだよこれは。

「ふふっ可愛いでしょう？　この子たち、数日前に城に迷い込んできたのを私が保護したのよ。シロの知り合いだったようだし。ねー？」

「ワンワン！」「キャンキャン！」

そうだそうだと言わんばかりに鳴き声を上げるミニ、プチシロたち。

ていうかこいつらの言葉がわかるのかよ。アリーゼ恐るべし。

「はぁ、その会話力を私どもにも少しは割いてほしいものですが」

「あらエリス、私はこの子たち同様あなたやロイド、皆を分け隔てなく愛しているつもりですよ」

「獣と同格⁉　それ聞き捨てなりませんよアリーゼ様っ！」

「うふふっ」

エリスと仲よさげに会話するアリーゼ。

なんだかんだで仲良いな、この二人。

「どうやらこいつら、ロイド様を追ってきたようですぜ」

そういえば以前別れを告げた時は子供がいたから森に残ってたんだっけか。

俺が森を去る時、とても付いてきたそうだったな。

で、結局子供と一緒にここまで来たわけか。


「ワンッ！」


ミニシロたちが一度茂みに入り、何かを咥えて戻ってきた。

俺の前にずらりと並べられた赤い石。

これは……魔物の核だ。

「オンッ！」

シロが俺を真っ直ぐ見て、吠える。

「持っていけと言っているようっすな」

「シロが俺をここへ連れてきたのはそういう理由だったのか」

相当数の魔物の核、しかも魔剣製作にも使えそうな上質なものもいくつかある。

材料集めからだともうやる気も起きなかったが……これならディアンに協力してもいいか。

他の術式も色々と試してみたかったしな。

「よし、よくやったぞお前たち。また時々来るからな」

「ワンッ！」「キャンキャン！」

ミニシロとプチシロを撫でると、自分も自分もと集まってきた。

こらこら、順番だぞ。


「やはりあれはロイド様の呼び寄せた魔獣……はっ！　ま、まさかこれからはロイド様とアリーゼ様、ダブルで魔獣が増えていくのではっ⁉　だとすると私の休暇は……そ、そんなぁ……」

エリスが何かブツブツ言いながら崩れ落ちている。

疲れているのだろうか。メイドって大変だな。

そんな事を考えながら俺は塔を出るのだった。


「おいおいおいおいおい、ロイドお前ってやつは……こんなにたくさんの魔物の核をどうやって手に入れたんだよ！」

大量の核を前に、ディアンは驚き目を丸くしている。

「シロたちが手に入れてきてくれたんですよ」

「オンッ！」

「すごいじゃないか！　ありがとうな！」

ディアンは誇らしげに頷くシロを撫《な》でようとする。


「ヴヴヴ……！」

だがシロはそれを唸り声を上げて拒否する。

一瞬怯《ひる》んだディアンだが、すぐに俺を見てニヤッと笑う。

「おおっと、主以外にはけして懐かない、か？　やれやれ、気位の高い犬っころだぜ」

「すみません、ディアン兄さん」

「構いやしないさ。それよりこれで魔剣の量産に踏み切れそうだな」

「ええ、魔剣部隊、とてもいい響きです。やってみましょう」

シロたちが魔物の核を手に入れてきたおかげで、魔剣の量産は問題なく出来そうだ。

材料は十分、やるだけやってみるとするか。


それからしばらく、俺はディアンの元で魔剣製作に尽力した。

何十本も失敗することで、付与に対する考え方も変わってきた。

まず武器ってのは付与をした時点でそこらの武器とは比べ物にならない強さになる。

だが付与は案外剝がれやすい。

戦闘による劣化はもちろん、鞘から出し入れする際の摩耗も結構無視はできないものだ。

早いものは十日もせずに剝がれてしまっているようだ。

故に攻撃力や剣の強度を上げるよりも、術式を維持する方が圧倒的に大事なのである。

特に魔剣は術式の一部が欠けただけでも魔術が発動しなくなり、ただの剣になってしまうからな。

「とにかく正確に、強く、術式を刻み込んでいく……！」

一文字一文字丁寧に、丹念に、編むのではなく、刻む感覚で。

念のため維持の術式も二重でかけておけば、一年くらいは持つだろうか。

持って欲しいところだ。なにせ一本作るごとに眩暈《めまい》がする程の手間と金がかかっているからなぁ。

「ワンッ！」

工房に魔物の核を咥えたミニシロたちが入ってくる。

「おう、お前ら今日も来たのか。ありがとな！」

「ワンワン！」

「よーしよし、餌だぞー」

ミニシロたちは魔物の核をその辺に置き、ディアンの出した餌へと群がる。

それにしてもどこから拾ってくるのやら……多分そこらの魔物を倒してくるんだろうが。

結構な量を持ってくるので、日に魔剣を一本、付与した剣を二本くらいは作れていた。

そして——

「アル兄ぃ、とりあえず魔剣三十本、完成だぜ」

「おお！　これだけの魔剣を……素晴らしい！」

ずらっと並んだ剣を見て、アルベルトは目を輝かせる。

「これなら部隊として運用しても十分機能するだろう。ディアン、ロイド、二人共よくやってくれたな！」

「へへっ、俺は好きな事をやっただけだぜ」

「はい、俺も勉強になりました」

おかげで術式の固定、物質への付与、色々とノウハウを得られたな。

そのうち何かに転用してみるか。

「何か礼をしたいところだが……」

「おう、そうだなアル兄ぃ。ロディ坊に何かご褒美やらないとな！」

「うむ、何が欲しいいんだ？　望みを言ってみるといい」

アルベルトの問いに、少し考えて答える。

「そうですね……ではディアン兄さんに魔剣を一振り作って貰いたいです。自分用のを」

俺の言葉に二人は顔を見合わせ、笑った。

「確かにロイドは自分の魔剣をまだ持ってなかったな」

「ははは！　あれだけ作らされたら、そりゃ自分の分も欲しくもなるわな！　悪い悪い。だがそういう事なら任せておきな。俺が最高の魔剣を叩いてやるぜ！」

「僕も素材集めなどで協力しよう。最高の素材を集める事を約束する」

「おおっ！　だったらアル兄ぃ、せっかくだから採算度外視でめちゃすげぇ武器を作ってやろうぜ！　玉鋼とか手に入ったりするかい⁉」

「ふむ、魔剣を作る上で最も良しとされる魔力鋼だね。よし、僕の人脈を駆使し最高品質のものを用意しようじゃないか」

「へへっ、とんでもない魔剣が生まれそうだな。ワクワクしてきたぜ！」

二人は俺の事はほったらかしで盛り上がっている。

まぁいい魔剣が作れるなら何でもいいけどね。

翌日、材料集めが終わったとの連絡があったので工房へと向かう。

「おうロイド、よく来たな」

「ディアンの要望通り、最高の材料を揃えておいたぞ」

「ありがとうございます。さっそく作りましょう」

というわけで俺の魔剣製作開始である。

ディアンが叩いた剣に魔髄液と共に術式を刻み込んでいく。

「そういやぁどんな魔術を込めるつもりなんですかい？　やはりいずれかの最上位魔術とか？」

「それは見てのお楽しみさ」

グリモの問いに答えぬまま作業に集中することしばし——ようやく俺の魔剣が完成した。

俺の背丈にあった少し短めの剣。ほど良い重さで、丁度俺の手に馴染むようだ。

手にして角度を変えて眺めると、そのたびに白銀の刀身に光が反射し輝きを放つ。

「さてロイド、そろそろ何の魔術を込めたのか、教えてくれてもいいだろう？」

「そうだぜロイド、あまりもったいつけんなっつーの」

そういえば二人にも秘密にしていたんだっけ。

グリモも耳を澄ましているようだ。

何となく秘密にしたがそこまで隠すもんでもないし……逆に恥ずかしくなってきたな。

「そう改まって言う程のものではないのですが……そうですね。では外へ出て試してみましょう」

外へ出た俺が剣を握ると、刀身が白く光り始める。

少し離れた場所で立つアルベルトに手を振る。

「ではアルベルト兄さん、何か魔術を撃ってもらえますか？」

「わかった」

アルベルトはそう言うと『火球』を撃ってきた。

俺目掛け飛んでくる火の玉に向け、剣をかざす。

すると火の玉は消滅し、剣がほんのり赤く染まった。

「よし、成功だ」

ガッツポーズをする俺を見て、ディアンは不思議そうな顔をしている。

「驚いた。火の玉が消えちまったぞ。どんな手品を使ったんだ？」

「……なるほど、『吸魔』か」

アルベルトの言葉に、頷いて返す。

『吸魔』とは、魔術を受け止め自身の魔力に変換するという魔術。

対魔術師用魔術の一つで、一見強そうに見えるが相手の魔術を見てから発動する必要があり、常に術式を構えていなければならない。

故にこちらからの攻撃が出来ず、受け止めることに集中する必要があるので他の動きもとりにくい。

便利に見えて意外と使いにくい魔術なのだ。


「ふっ、考えたなロイド。確かに魔術としての『吸魔』は使いにくいが、魔剣にしてしまえばわざわざ術式を構える必要もなくなる。剣を振るうだけで相手の魔術を無効化、加えて魔力吸収出来るとなれば対魔術師戦においてとてつもないアドバンテージとなるだろう。これからの戦い、魔術師同士の戦いがメインになるに違いない。既にそこまで見据えているとは、我が弟ながら何という先見性……！　素晴らしいぞロイド……！」

「『吸魔』か……くくく、考えたじゃねぇか。こいつはあまり知られてないが、防御だけでなく攻撃にも使える魔術だ。一度受け止めた魔術は吸収して自分の魔力にするだけでなく、そのまま無詠唱で撃ち返すこともできるんだ。その際に自前の魔術と合わせれば、二重魔術として発動できる。二重に更に足せば三重にもなる……！　へへ、当然そこまで計算しての事だろうな。大した奴だぜぇ……！」

「ディアルド、いやロディベルト？　もしくはアルディルド……？　うむぅ、どの名も捨てがたいな……」

グリモと兄二人が何やらブツブツ言っている。

ちなみに何故『吸魔』にしたかというと、見知らぬ魔術を撃たれた時にこれで捕らえればじっくり調べられるからだ。

俺が見た事ない魔術はたくさんあるだろうしな。

この剣はその為に術式を拡大し、許容魔力量の増加と術式の保持に性能の多くを割いている。

これでどんな魔術でも捕縛できるぜ。

我ながらいいアイデアだな。吸魔の剣とでも名付けておくか。


「ロイド様、アルベルト様から伝言です」

ある日、俺が本を読んでいるとシルファに声をかけられた。

「明後日、中庭にてお茶会を開催する予定だそうで、ロイド様も是非、とのことです」

「お茶会……ってもしかして」

「ええ、アレです」

そう言ってため息を吐くシルファ。

以前、冒険者をやった時にタオとした約束。

アルベルトを交えたお茶会の開催である。

「あー、そんな約束してたね。でもなんで俺が？」

「アルベルト様にお話ししましたところ、お茶会？　いいねぇ。でもどうせなら皆でやろうじゃないか。……などと仰《おっしゃ》ってまして」

なるほど、流石に王子と冒険者が二人でお茶会なんてしたら、妙な噂が立つのは容易に想像出来る。

だが俺たちを交えてなら世話になった礼とかでお茶会の名目も立つもんな。

アルベルトには魔剣製作で世話になったし、ここは恩返しだと思って参加するか。


そしてお茶会当日、シルファに連れられて向かった先は城の中庭だった。

丁寧に手入れされた庭園には噴水や石像が置かれており、その中央には緑の屋根で覆われた白いテーブルがある。

「やぁロイド、よく来てくれたね」

既にアルベルトが待っており、俺たちを迎えた。

いつもよりいい服だ。ちなみに俺もそんな服をシルファに無理やり着させられた。

相手は冒険者といえど、歓迎する以上きちんとするのは当然です、とはシルファの談である。

「というか何故ディアン兄さんとアリーゼ姉さんがいるんですか？」

そう、テーブルには何故か着飾ったディアンとアリーゼが座っていた。

「ロイドが魔物の核を手に入れる時に世話になった冒険者を歓迎する茶会だろ？　間接的にだが俺も世話になったんだ。礼の一つくらい言わねぇと、筋が通らないだろうが」

「私は皆が仲良くお茶をしているのを見つけたから、ご一緒させてもらおうと思ったの。ねっ、リル」

「ウォン！」

微笑むアリーゼの傍でリルが鳴き、エリスがため息を吐いている。

気まぐれな主について行くのも大変だな。

「なるほど……ところでタオはまだ来ていないんですか？」

「まだ時間ではないからね」

えっ、もう時間だから早く用意しろとシルファに何度も急かされたんだが。

時計を見ると、確かにまだかなり時間がある。

「……シルファ」

「ロイド様は早め早めに言っておかねば、すぐに時間を忘れて読書に没頭しますので」

澄まし顔で答えるシルファ。

くっ、あってるだけに反論出来ない。

「……おっと、噂をすれば来たようだぞ」

アルベルトの視線を追うと、兵たちに案内されてこちらに来るタオが見えた。

スリットの入った異国風の真っ赤なドレスに身を包み、髪を両側のお団子に纏めていた。

いつものタオとはまるで別人のような気合の入れようである。

アルベルトが立ち上がり、手を挙げた。

「やぁタオ、よくぞ来てくれたね。歓迎するよ」

「アルベルト様！　それに……えっと」

タオの視線がテーブルに座っているディアンらに注がれた。

緊張しているのか、挙動不審だ。

まぁこんな大人数に迎えられるとは思ってもみなかっただろうからな。

「ははは、そう畏《かしこ》まる必要はないよ。今回のお茶会を聞きつけた僕の弟妹たちさ」

アルベルトがちらりと見ると、ディアンとアリーゼは頷き立ち上がる。

「ディアン＝ディ＝サルームだ。弟が世話になっているようだな」

「アリーゼ＝ディ＝サルームよ。ふふっ、可愛らしいお嬢さんねぇ」

「タ、タオ＝ユイファ、よろしくですある」

二人と握手を交わすタオ。

緊張のあまり語尾が怪しくなっているぞ。

シルファがタオの後ろでボソリと呟く。

「タオ、あなた私にお茶会の開催を頼んでおいてなんですか、その体《てい》たらくは。シャキッとしなさい」

「そ、そうは言ってもこんな大人数とは聞いてないよ！　しかもみんな美男美女揃《ぞろ》いでアタシ場違い感がヤバいある！」

「はぁ、全く良い顔に弱いのですから……」

何だかわからんが大変そうだな。

俺からするとお茶会自体あまり興味もないんだが。

適当に時間を過ごしてればいいか……ん？

ふと、タオの腰元のスリットに刺さっていた一枚のカードが目に入る。

「タオ、それは？」

「あぁそうそう、忘れる前に渡しておくよ。ロイドのギルドカードね」

銅色の金属製カードに触れると、俺の名前やら何やら情報が浮かんできた。

このカード、何か特殊な魔術刻印が刻まれているな。

「依頼達成報告の時に受付さんから預かったよ。来た時に渡すつもりだったらしいけど、あれから全然来ないから結局アタシに預けてきたね」

俺が触れた際に術式が起動して文字が浮き出たあたり、恐らく持ち主の魔力に対応しているのだろう。

色や形を変える魔力の性質変化を使い、カードに刻み込んでいるようだ。

つまりは付与。

作り方は魔剣と似ているが、財布やポケットから頻繁に出し入れをするカードはより劣化しやすいはず。

恐らく表面を魔力伝導率の高い物質でコーティングしているのだろうか。

こんな使い方もあるんだな。面白い。

「……って全然聞いてないあるぅーっ⁉」

俺が夢中になっていると、タオが突っ込んできた。

「ははは、ロイドは魔術の事になると周りが見えなくなるからね」

「ったくしょうがねぇ弟だぜ！」

「ふふっ、そこが可愛らしいのですけれどね」

そう言って楽しげに笑う兄姉三人。タオもまたクスッと笑う。

「ではタオ、僕たちの知らないロイドを教えてくれるかい？」

「もちろん！　ロイドは――」

俺のことをタオは語り始める。

その顔はいつもと同じものだった。


「流石はロイド様。タオが緊張していると見るや、それを解きほぐすようにご自身を話の種にする事で会話の流れを円滑にした……恐れながらご自身のことしか考えていない方だと思っていましたが、こうして人に気を使えるようになるとは……冒険者としての経験が早くも生きているようですね」

シルファがブツブツ言っているが、俺はギルドカードを調べるのに夢中であった。


というわけでギルドカードの仕組みが気になった俺は、詳しく聞くべくシルファを伴って冒険者ギルドを訪れた。

中に入ると受付嬢がダルそうに書類を眺めていた。

「こんにちはー」

「あー、はいはい一体何の用で……ってロイドさんじゃないですかっ⁉」

俺を見た途端、受付嬢の目つきがいきなり変わる。

書類を投げ出し俺の前に駆け寄ってきた。

「やーーーっと来てくれましたね！　もう、ダメですよ達成報告くらいは自分でしていただかないとっ！　言っておきますが今回の依頼だけでDランクに上がったのは特別中の特別なんですからね！　本来ならば最低でも三、四回は依頼をこなさないといけない所を夕オさんの報告と私のごり押……信頼でちょっと強引にランクアップさせたんですから！これもロイドさんに期待しての事……本当の本当にここだけの話なのですからね。ふふん」

かと思うとすごい勢いで話し始めた。

ここだけの話の割に声がでかいぞ。


言われてカードを見てみればランクがEからDになっている。全く気づかなかったな。

まぁランクを上げるつもりもないし、別にどうでもいいんだが。

「ロイドさんは冒険者としての才能があります！　是非依頼をこなしてランクを上げてください！」

鼻息を荒くして俺を見つめる受付嬢。

「それより受付さん、ギルドカードについて聞きたいんだけど」

「使い方ですか？　何でも教えてあげますよ！　基本は身分証に加えて自身のステータスを見るものですが、他にも色んな使い方があるんです。例えばお金をチャージして飲食店などで貨幣代わりに使ったり、ランクに応じて冒険に必要な品のレンタルなんかも出来るんですよ。他にも色々特典があって、そういう観点から見てもランクを上げるのはおすすめなんです！」

得意げに語る受付嬢だが聞きたいのはそういう話ではない。

「いや、どうやって作ってるのか知りたいんだ」

「まさかの製造工程っ⁉　……そんなの知ってどうするんですか⁉」

「面白そうだからさ。……ダメ？」

「い、いえ……ダメではありませんが……」

そう言って受付嬢は考え込む。

考え込んだ後、俺に自分の方へ来るよう手招きし、小声で囁《ささや》いた。

「……わかりました。ロイドさんにだけ特別ですよ。ちょっとこっちに来てください」

受付嬢はカウンターから出ると、俺をギルドの二階へと案内した。

扉を開けるとそこには印刷機や自動書記機などの様々な魔道具が置かれていた。

「ここでギルドカードを作っているんです。魔力伝導率の高い特製の金属板に魔力を付与したインクで文字を刻むんですよ」

「へぇ、この金属板がカードの基礎となっているんだね。……特殊な加工をしているみたいだ。何かの薬品を塗布しているんだろうか。凄く薄くて透明な膜で覆われているように見えるけど……」

「そうなんですか？　これ自体は冒険者ギルドの本部で作られているので、流石にわからないですね」

なるほど、本部から送られてくるものにこちらで情報を打ち込んで作っているのだろうか。

後でカードを分解してみよう。

なーになくしたとか言えばへーきへーき。

「……ロイドさん、まさかとは思いますが分解しようなんて考えてないでしょうね。再発行の際は金貨一枚がかかる上にランクも最初から上げ直しなので、決してそんな事はならないように」

「わかってるよ」

なるほど、そうなのか。そのくらいなら問題はなさそうだ。

後でカードを分解してみよう。

「ん、これは……」

ふと、部屋の隅に置かれていた紙束に目が留まる。

人相書きと共に書かれているのは、賞金額だ。

所謂《いわゆる》手配書という奴だろうか。

だが何故こんなところにあるのだろうか。

「おっとそこに目を付けるとは流石ロイドさんお目が高い。……何故手配書を人のいるフロアに貼らず、こんなところに置いているか、でしょう？」

「今から貼り出すところって感じでもないね。結構古ぼけているし」

「ええ、これらは以前、下のフロアに貼られていた物なのですよ。一度は仕舞っていたのですが、近々張り直そうとしてここに置いていたんです。理由を知りたいですか？　知りたいですね？」

「え、別に」

一瞬の沈黙の後、

「――実はこの手配書の人物たちは皆、巷《ちまた》を騒がしていた暗殺者たちなのですよ」

受付嬢は語り始める。

いや、別に聞きたいとは言ってないのだが。

「『毒蛾《どくが》のレン』、『百傷のタリア』、『糸蜘蛛《いとぐも》のガリレア』、『巨鼠《きょそ》のバビロン』、『闇烏《やみがらす》のクロウ』……いずれも金貨百枚を超える大物賞金首ばかりでした。ですが彼らの名は数年前、手配書から姿を消します。理由はとある男の出現でした。──『影狼《えいろう》のジェイド』。彼が名だたる犯罪者たちをまとめ上げ、暗殺者ギルドを作り上げたのですよ」

受付嬢の語り口には熱がこもり始めてきた。

余程語りたかったのだろうか。早く終わって欲しいのだが。

「暗殺者たちをまとめ上げジェイドは、冒険者ギルドに取引を持ちかけました。冒険者たちがやりたがらない汚れ仕事を自分たちに任せてくれ、その代わり我々へ懸けられた賞金を外して欲しい、と。もちろん最初は断りました。確かに誰もやりたがらない汚れ仕事はいくらでもあります。領民がまともに暮らしていけないような圧政を強いる悪徳貴族や、誰も引き受けない依頼を受ける代わりに追加料金と称して食料やらなんやらを強奪していくようなゴロツキみたいな冒険者を何とかしてくれとか、そんな面倒な依頼書はずっと埃《ほこり》をかぶっていましたから。それらをこなしてくれれば非常に助かるのは間違いありませんが相手もまた指名手配犯、はいそうですかとは言えません。冒険者ギルドは治安維持も兼ねていますからね。当然門前払いですよ。……しかし後日、彼らはそれらの依頼を全てやり遂げてしまいました。一度だけではありません。何度も何度も、暗殺者ならではのやり方で、です。特に彼らが狙ったのはこれから戦争を起こそうという人物。誉められたやり方ではないかもしれませんが、彼らの行動でかなりの命が救われたはずです。そういった人物には我々も手出しできませんからね。民は感謝し、そのうち彼らに対する考え方も変わってきました。卑怯《ひきょう》卑劣な暗殺者と毛嫌いしていたが、彼らも我ら冒険者とそう変わらぬ存在であろう。わざわざ争う必要もないのではないか、これは必要悪ともいえるのではないか、協力して仕事をするのもやぶさかではない……そんな声が出始めて、彼らへの懸賞金は一旦取り下げられたのですよ」

受付嬢はすごい早口で語っている。饒舌《じょうぜつ》だ。ノリノリである。

「しかしある日、ジェイドは姿を消してしまいました。誰にも言わず、忽然《こつぜん》と……それからというもの暗殺者ギルドの者たちは制御を失い、また好き勝手やり始めたのです。強盗に破壊活動、殺しこそ行いませんが結局は元の木阿弥《もくあみ》、また賞金を懸けられるようになった……そういう話なのですよ」

「へーそうなんだ」

としか言いようがない。

受付嬢はドヤ顔だが、はっきり言って俺にとってはどうでもいい話である。

俺はただギルドカードの作り方を聞きたかっただけなんだけどなぁ。


用の終わった俺は冒険者ギルドを後にしていた。

受付嬢からは折角色々教えたんだから何か依頼を受けていって下さい、なんて頼まれたが別に聞く義理はないので受けなかった。

あまり魅力的な依頼もなかったし、面倒だったからな。

受付嬢はものすごく不条理だとでも言いたそうな顔をしていたが……ま、別にいいだろう。

Dランクの依頼なんて俺がやらなくても誰でも出来るだろうしね。

「しかし暗殺者ギルドですか。私も冒険者時代、一度だけやりあった事がありますよ」

帰り道、シルファがぽつりと呟く。

「とある荷馬車を護衛していた時、暗殺者ギルドの者が闇夜に紛れて襲いかかってきたのです。すぐそばまで近づかれるまで全く気配に気付きませんでしたよ。その時はなんとか撃退しましたが、かなり苦戦を強いられました」

「シルファが？」

俄《にわ》かには信じがたい話である。

俺がどこに隠れて本を読んでいても、その気になればあっという間に見つけ出してしまう達人であるシルファが奇襲を受けるとは。

そんな事が叶うとしたら、技術なんてものでは到底あり得ない。

もしかしたら俺の知らない何らかの魔術を使っている可能性がある。

暗殺者なんて泥棒と大差ないと思っていたが、俄然《がぜん》興味が出てきたな。

「シルファ、暗殺者ギルドってのはどこにあるのかわかる？」

「いえ、流石に堂々と建てられているわけではありませんから。街の至る所に隠し通路があり、そのいずれかがギルド本部に通じているという話を聞いたことがあります。……まさかロイド様、そこへ向かうつもりなのではないでしょうね」

「ま、まさかぁー……そんなはずないじゃないか。はは、ははは……」

「……本当でしょうか」

誤魔化し笑いをする俺を、シルファは訝《いぶか》しげにじっと見つめてくる。

いやいやそんなそんな。近くにあったら帰りにちょっと寄ろうと思っただけである。

だがどこにあるのかわからないのでは仕方ない。

機会があれば行ってみたいんだがな。

◇◇◇

その夜、眠っていた俺は不意に目を覚ます。

感じたのは何かの気配。いや、正確には何も感じなかったのだが。

この世界は虫や動物、人など、何らかの気配で満ちている。

だがそこからは不自然なまでに何も感じられないのだ。

俺が気づいたのは、その箇所の魔力の流れがおかしかったからだ。

まるでそこだけ切り取られたような感覚。

空白の気配とでもいうべきだろうか。

シルファから話を聞いていなければ気づかなかったであろう、ほんの僅かな歪《ゆが》み。

その証拠に、侵入者があればすぐに飛び起きるであろうシロですら、くぅくぅと寝息を立てている。

「気配は動いているな……」

感覚を研ぎ澄ませると、間違いなくそれは意思を持って動いていた。

もしかしてこれが件《くだん》の暗殺者とやらだろうか。

気配のみならず魔力を完全に断つなんてのは、今まで見た事がない興味深い魔術だ。

……よし、折角だし捕まえて聞いてみるか。

何の目的かは知らないが、人の家に勝手に入ってきたんだから捕まえて尋問されるくらいは覚悟しているだろう。

そうと決まればとばかりに起き上がり、気配の方へと向かう。

幸い奴のいる場所は中庭、ここなら少々騒がしくしてもわからないだろう。

「向こうは気配を消すスペシャリスト、俺の移動する気配にも気づく可能性は高いな。

……ならこいつを使うか」

風系統魔術『飛翔《ひしょう》』と『疾走』の二重詠唱。

詠唱完了と同時に、俺の両脚を渦巻く風が包み込む。

高速飛行の合成系統魔術なら、奴が逃げる前にたどり着けるはずだ。


「――ほっ」

と言って地面を蹴ると、どぎゅん！　と凄まじい速度でターゲット目掛け飛んでいく。

ヤバい、速い、速すぎる。コントロールが全く利かない。

放たれた弾丸のように真っ直ぐ飛んでいった俺は、激突寸前で急停止をかけ、地面スレスレで何とか止まった。

「っとと……危ない危ない」

危うく衝突するところだった。

魔力障壁があるからダメージはないが、庭を破壊したら手入れの人が大変だからな。

ふわりと着地する俺の目の前、草むらの中で人が腰を抜かしていた。


「な……っ⁉」


驚きの声を上げるのは黒装束に身を包んだ少年だった。

黒頭巾の隙間から覗き見えるのは毒々しい紫色の髪と瞳、褐色の肌のみ。

あからさまな格好だ。どうやらこの少年が侵入者に間違いなさそうである。

「子供が何故こんな所にいる？」

「くっ！」

俺の言葉には答えず、少年は即座に起き上がり後方へと跳ぶ。

だが無駄だ。既に少年の周りには風系統魔術『空天蓋』を発動させている。

少年は空気の壁に思い切り頭をぶつけた。

「いっ……つぅーっ⁉」


頭を押さえ、痛そうに蹲る少年。

すぐにまた逃げようとするが、周囲を結界に覆われているのに気づき顔色を変えた。

「無駄だ。完全に閉じ込めた。色々話して貰おうか」

俺の言葉に少年は観念したように目を瞑った。


「魔術……仕方ない。子供相手にこの力は使いたくはなかったけれど……」

そう言って少年は黒装束を剝ぎ取る。

黒装束の下は打って変わって露出度が高く、紐《ひも》のような下着を思わせる格好だった。

動けば見えそうな僅かばかりの布で隠された胸は僅かに膨らんでいる。

少年、ではなく少女だった。

驚く俺の鼻に、うっすらと花のような香りが漂ってくる。

何だろうこれは、とても甘い香りだ。

「『黒霧』……！」

ぼそりと少女が呟くと、目の前がぐらりと歪む。
吐き気と目眩《めまい》、動悸《どうき》がする。
これは毒か。
気づけば少女の身体を黒い霧のようなものが覆い始めていた。
何か毒袋のようなものを使ったのだろうか。
だが解毒の魔術を使えば問題はない。
治癒系統魔術『浄化』。
これは虫や草、獣などの持つ様々な毒成分を消し去るものだ。
調合したものにも効果はある為、どんな毒でも立ち所に……っ⁉
「毒が、消えない……？」
本来ならばすぐに消え去るはずの毒が、全く消える気配がない。
眩暈に膝を突く俺を少女は見下ろす。
「無駄だ。ボクの毒は何者にも浄化出来やしない」

『浄化』を使えば現存する毒成分を消し去れる。

逆に言えばそうでない毒は消し去れない。

ということは少女の使っている毒の正体は……


「――魔力、によるものか」

「当たり。それがわかったところでどうしようもないけどね」


冷たく見下ろしながら、少女は答える。

生まれながらにして魔力を持つ者は一定数いるが、それらは皆、成長するにつれて制御する術を学ぶ。

だが中には制御出来ない者もいる。

魔力の質が特異な為、自力では制御が難しいタイプだ。……アリーゼの動物を集める能力もその一種。

彼らは魔力の発動をコントロール出来ず、能力によっては成人になる前に命を落とす者もいる。

特に周囲に害を及ぼす能力の持ち主に人は蔑みの目を向け、こう呼ぶ者もいる。

「『ノロワレ』……御察しの通りボクはそれだ。生まれつき毒を撒《ま》き散らす体質でね、おかげで『毒蛾のレン』なんて不名誉な名で呼ばれているよ。普段は分厚い衣服で身体を覆っているが、それを取り払えばこの通り。もろに浴びてしまえば毒に侵される羽目になる。……まぁ君が浴びたのはほんの少し、死ぬことまでは……」

言いかけて、レンと名乗った少女は目を見開いた。

膝を突き今にも倒れそうだった俺が、すっくと立ち上がったからだ。

「な、何故ボクの毒が効かない……？」

「効いてるさ。ただその分回復しているだけだ」

治癒系統魔術『回復呼吸』とタオから教わった『気』の呼吸、共に呼吸により体力の回復を促す二つを同時に行う事で、毒によるダメージを常時回復して相殺しているのだ。

とはいえレンの毒の理屈は謎、恐らく魔力の性質変化だろうが……一体どんな性質変化なのか、道具は使うのか、肌を見せた事に理由があるのだろうか、もしくは他の何かか……気になる。

「悪いが色々と調べさせてもらうよ」

俺は口元に笑みを浮かべ、レンに一歩近づいた。

「ボクの『黒霧』が効かない……？　でも『黒霧』の使い道はこれだけじゃないっ！」

レンは大きく息を吸い込んだ。
そして吹き出す。レンを囲んだ『空天蓋』の一点に向けて。
じゅうう、と焦げるような音がして空気の壁が溶けていくのがわかる。
毒を一点集中させて溶かしているのか。
へぇ、防御性能が低いとはいえ俺の結界を破壊するとは。
恐らく魔力による毒だから、魔力に対しても効くのだろう。

「はあっ！」

薄くなった空気の壁を蹴り破り、レンは結界の外へと飛び出した。
更にレンの身体から、姿を覆い隠さんばかりの大量の黒い霧が吹き出す。

「それじゃ」

霧の中、レンの地を蹴る音が響く。
霧が晴れるとレンは姿を消していた。

「おぉ、見事な姿の消しっぷりだ」

どうやら身体から発生する毒は、完全にコントロール出来ないわけでもないのか。

色々な使い方が出来るようだ。

その上あの身のこなし、シルファが苦戦するのも頷ける。

だが空白の気配を探ればレンの隠れている場所はわかる。

……どうやら地下を走っているな。

「追いやしょう！　ロイド様！」

「おおグリモ、お前起きてたのかよ」

「あれだけドタバタしてればそりゃあ起きるってもんだ！　それより早くしねぇと逃げられますぜ⁉」

逸るグリモの声に、しかし俺は顎に手を当て頷く。

「……まぁ焦ることはないさ。しばらく放っておこう」

「しかし……」

「どうせなら一人から聞くより、まとめての方が効率がいいからね」

「？」

俺の言葉に疑問符を浮かべるグリモ。

動いていたレンの気配は止まりつつあった。

街の中心部、地下１００メートル辺りといったところだろうか。

そこが暗殺者ギルドの場所に違いない。

逃したのはわざと、そうすれば必ずアジトへ戻ると思ったのだ。

似たような暗殺者がいるらしいし、レン一人からよりも沢山の情報が手に入るからな。

計画通りである。

「あぁなるほど……まとめて、ね」

「一人でもあんなすごい技を使えるんだ。きっと仲間も面白い技を使えるに違いない！」

ふふふ、ワクワクしてきたぜ。

逸る気持ちを抑えながら、俺は夜の街に向かって飛んだ。

灯《あかり》一つない街のど真ん中、気配のちょうど真上に来た俺は掌の口をぐぱっと開く。

「■■■■、■■■■」

呪文束による二重詠唱、土系統魔術『岩穿孔《がんせんこう》』と『泥化』の合わせ技を発動させる。

と、足元の地面が柔らかくなり、俺の身体がゆっくりと地面に沈んでいく。

岩を砕き地中に道を作る魔術と地面を泥のように柔らかくする魔術を組み合わせる事で、自重で沈むほど地面を柔らかくして地中を潜っているのだ。

これなら街への破壊は最小限で済むし、地中のレンたちにも気づかれない。

ちなみに俺の周囲には障壁が展開されており、衣服などは汚れないし呼吸も可能。

ずぶずぶと沈んでいくにつれ、空白の気配が近づいてくる。


「失敗しただとおっ⁉」

がしゃあああん！　とガラスの割れる音が響く。


うおっ、びっくりした。

気づかれたかと思ったが、違うようだ。

俺は『浮遊』を発動させて沈むのをやめ、天井から顔だけを覗かせて止まる。

見下ろせば石畳の大広間に男女五人がいた。

一人はソファで爪を研いでいる女、白い髪に白いローブのミステリアスな感じの美女で、ローブの隙間から覗く素肌には無数の傷跡が見える。

一人は小さな木彫り人形を器用に積み上げ、タワーを作っている糸目の青年。にやにやと不気味な笑みを浮かべていた。

もう一人は烏のような嘴《くちばし》の飛び出たマスクを被っている男。あの嘴、邪魔じゃないのかな。

そして真っ赤になりながら怒鳴り声を上げているのは禿頭《とくとう》の大男、背中には蜘蛛の入れ墨が刻まれており、いかつい顔をしている。

砕けたガラスコップを挟んで相対しているのは、男を冷たく見上げるレンだ。


「静かにして、煩い。鼓膜が破れる」

「これが黙っていられるか！　レン、お前顔まで見られた上に殺し損なったんだろ⁉　だから王城に忍び込むなんて止《や》めとけっつったんだろが！」

あれが他の暗殺者たちだろうか。

なるほど、レンと同じ特異な魔力を感じるな。


「でもその甲斐はあった。魔剣の量産に魔獣集め……きっと戦の準備だと思う。ボクたちの出番だよ」

「だからァ……もういうのはしなくていいっつってんだろが！」

男は苛立ちを抑えるようにこめかみを押さえている。

「戦潰しなんて、もうやる必要ないんだよ！　いつまで奴の言う事を律儀に守ってるつもりだ！　いい加減にしやがれ、ジェイドはもういねぇ！」

男の言葉と同時に、それまでずっと冷静だったレンの表情が変わる。


「ジェイドはいなくなってなんかない！」


その凄まじい剣幕に、男は一歩後ずさる。

レンは男を睨みつけ、絞り出すように言葉を続ける。

「ボクたちに、暗殺者に世直しという新しい道を示してくれたのはジェイドだ。この暗殺者ギルドはその為に存在してる！　ジェイドの帰って来る場所を守るのが今のボクたちのやるべき事だ！」

「あいつはもう帰ってきやしねぇよ！」

「来る！　必ず！　ジェイドはそう約束してくれた！」

二人の言い争いは激しくなっていく。

それにしてもジェイド……何処かで聞いた名前だな。

「暗殺者どもをまとめ上げたリーダーですぜ」

「あぁそうだっけ」

それよりこいつらの技が見たいんだよな。

あの二人の様子だと、放っておいたらバトルを始めるかもしれない。

周りもそれを止めようとして五人入り乱れての乱戦も期待できる。

じっくり観察するいい機会だ。

しばらくこのまま様子を見るとするか。


「ねぇ、二人ともその辺におしよ」

白装束の女が声を上げた。

そして真上を見上げ、俺と目が合った。


「覗かれてるよ」

女の言葉で、全員が俺を見上げた。


「……あら、バレてた？」

全員がやり合うところを見たかったんだけどな。仕方ない。

俺はため息をつきながら、『浮遊』を解除し降り立つのだった。

「おいおいこいつは……もしかしなくてもあの第七王子じゃあねーか！」

禿頭の大男が俺を見て目を丸くする。

「俺の事を知ってるの？」

「知ってるも何も、レンが城に忍び込んだ理由は坊やなのよ。最近派手にやってるらしいわね？」

白装束の女が微笑を浮かべる。

「魔獣の育成、魔剣の量産……実際行っているのは他の王子たちだけど、それらの中心にはいつも第七王子であるキミがいる。凡庸を装っているが実際はかなりの力と野心を持つとか……キミ、この界隈《かいわい》ではかなりの有名人だよ？　クク」

人形のタワーを崩し、糸目の男は立ち上がる。

「…………」

嘴マスクの男は無言のまま首だけこちらを向けた。

「一体どこと戦争をするつもり？」

そしてレンが俺を睨みつける。

むぅ、どうやら色々と誤解を受けているようだ。

「なんだかわからんが俺は戦争なんかするつもりは全くないぞ。ただ魔術の研究をしていただけだ」

「嘘、魔術の研究に魔獣や魔剣は関係ないでしょう」

「それが普通にあるんだが……」

世の中の大抵の事象には魔力、ひいては魔術との繋がりがある。

とはいえそれを魔術師でもない者には説明してもわかるわけないか。

「それにしてもこんな連中まで俺の事を知っているとは驚きだ。俺としては地味にやっているつもりなんだけどな……」

「ロイド様、それマジで言ってやす？」

グリモが何故かドン引きしている。

何故だ。不条理だ。

「なんであれ、この場所を知られたからにはタダじゃ帰せねーな」

「そうね、人の家に勝手に侵入する悪い子にはおしおきをしないといけないわ」

「第七とはいえ一応王子様だし、身代金なんか要求できるかもねぇ。クク」

「油断しないで。ボクの毒が通用しなかった相手だよ」

「…………！」

五人が口々に言いながら、俺を取り囲む。

まぁいいさ。バトルはむしろ歓迎する所だ。戦いの中で彼らの技を見せてもらうとしよう。


「グリモ、手出しは無用だぞ」

「へいへい、わかってますぜ」

レンの毒を見た時にもしやと思ったが、こうして直に見て確信した。彼らの能力は生まれ持った魔力が特異体質として顕現したもの。昔から時折そういうものが生まれた、と何かの本を読んだことがある。

彼らの技はいわば生まれ持った特異体質の産物。

魔術として制御しているわけではないので、普通の魔術師のように魔力障壁などは使えないと思った方がいいだろう。

そんな中、グリモが手を出したら防御できずに一撃で殺してしまいかねないからな。

「何をごちゃごちゃ言ってやがるッ！」


そうこう言っているうちに、禿頭の男が殴りかかってきた。

暗殺者と言うだけあって姿に見合わぬ機敏な動きだ。

避けようとした俺の鳩尾目がけ、拳が突き刺さる。

が、自動発動した魔力障壁がそれを防いだ。

「ほう、魔力障壁か。だが」

男はニヤリと笑うと、思い切り腕を引いた。

それと同時に発動した魔力障壁が引っ張られる。

見れば打撃箇所には何かネバネバしたものがくっついている。

「俺は『糸蜘蛛のガリレア』って呼ばれていてな、身体から超強力な粘液を生み出せるのよ！　こんな風にな！」

ガリレアと名乗った男の放った糸を再度生み出した魔力障壁で防ぐが、それもまた引っ張り飛ばされてしまう。

座標固定した魔力障壁を動かすとは。レンと似たような技だが、毒がない代わりにこちらの方が圧倒的に強度が上だな。――面白い。

「な、なんで笑ってるんだお前！　引くわ！」

思わずにやける俺を見て、ガリレアが目を丸くしている。

別に引かなくてもいいだろう。


「『沈め』！」


なんて考えていると、俺の身体がいきなり重くなった。

声の方を見れば嘴マスクがそれを外し、素顔を晒している。

思ったより好青年って感じだ。

男の口元には術式の刺青が刻まれていた。

あれは……魔力に指向性を持たせるものか。


「『闇烏のクロウ』。言葉に魔力が乗る体質でね。普段は暴発を防ぐ為、発言を自ら縛ってるんだよ」

ガリレアの言葉に、クロウと呼ばれた男が頷く。

俺の身体が重くなってるわけではない。

空間に対する効果か。言葉に直接魔力が乗るタイプ……呪文ではなく呪言とでも言ったところかな。

呪文の始祖とでも言うべきものなのかもしれない。

ぶしゅ！　と突如俺の右手首が出血する。

何の前触れもなかったにもかかわらず、だ。

見れば俺の目の前にいた白装束の女も右手首から出血している。

「『百傷のタリア』。ふふ、私が相手を見つめながら自傷すると、同じ箇所に傷を負わせる事が出来るの」

おおっ！　すごい能力だ！　どんな理屈なんだろう。テンション上がるぜ。

集中して見ると、タリアと名乗った女の視線から、俺へ向かって魔力の帯が伸びているのがわかる。

魔力越しに自分と俺の身体をリンクさせたのだろうか。

制御系統魔術で相手の動きをトレースするのと、少し似ているな。

だが傷を負わせるとなるとより深く結びつける必要がある。一体どんな理屈なのだろう。

「な、何でこの坊や、手首から血を流しながらも私にキラキラした目を向けてくるのかしら……？　普通なら不気味がって恐れるところでしょうに……」

何故かタリアは俺を見てドン引きしている。

それよりどうやら自傷により俺へダメージを与えているようだが、俺の方からダメージを与えたらどうなるのだろうか。

よし、やってみよう。

土系統魔術『土球』をタリアに向けて放つ。


「クク……」


糸目の男が含み笑いをしながら、タリアの手を引いた。

タリアに命中するはずだった『土球』は糸目の男へと肉薄する——が、すんでのところで身を躱した。

……いや、躱したと言っていいのだろうか。

当たるはずだった『土球』は男の身体をすり抜けるように飛んでいき壁に命中する。

男はまるで関節の壊れた人形のような体勢で躱していた。

「『巨鼠のバビロン』。私は生まれつき関節がとても緩くてね。全身の関節を外してまるで鼠のように小さな隙間でも出入りすることが出来るんだよ」

首を縦に百八十度曲げながらもバビロンと名乗った男は余裕の笑みを浮かべている。

魔力が肉体に及ぼす力の大きさは理解しているつもりだったが……人体があまで曲がるのか。

身体を魔力で纏い姿を変える変化系統魔術とはまた別方向の技だな。

関節を魔力で麻痺《まひ》させている？　いや、関節を満たしている液体の代わりに魔力が満ちていて、それを動かし身体を異常に柔らかくしているのかも。

特異体質ここに極まれりだな。……ちょっと解剖してみたい。いや、流石にやらないけどね。


「……ッ⁉　寒気が……キミ、もしかしてちょっとヤバい人だったりするのかな？」

バビロンも何故かドン引きしている。

「心の声が漏れてましたぜ、ロイド様」

「あちゃ」

ドンマイ俺。夢中になると独り言が多くなるのは悪い癖である。

ともあれ面白い連中だ。せいぜい楽しませてもらうとしよう。

「おっと、とりあえず止血しないとな」

あまり血を流しすぎると死んでしまう。

治癒魔術で手首の傷を癒すと、タリアの傷も塞がった。

へぇ、そっちまでリンクしてるのか。


「なっ！　あ、あんな速度で回復を……!?」

タリアは俺の治癒魔術に驚いているようだ。

あの攻撃、暗殺には向いてそうだけど魔術師相手には効果が薄いだろうなぁ。


「クソがぁっ！」


ガリレアが糸を飛ばしてくるが、魔力障壁を出して防ぐ。

魔力障壁は自動、かつ無限に展開できるのでどれだけ剝がしても無駄だ。

というか出せる糸は有限なのかな。最初の頃より量が少なくなっている気がする。

「クク……ッ！　何という魔力障壁の数！　全く当たる気がしませんね……！」

バビロンが魔力障壁の隙間から身体をよくわからない方向へ捻って攻撃してくるが、基本的にはただナイフで斬りつけてくるだけなので距離を離すなり魔力障壁で突き放せばどうという事はない。

正直ネタが割れると戦闘では使いにくいだろうな。

「『吹き飛べ』！」

クロウの言葉と共に突風が吹き荒れるが、俺の髪を揺らすのみだ。

あくまでも奴の呪言は俺の周囲にしか効果がない為、『浮遊』で強力に位置を固定しておけば俺自身には何の影響もない。

格下向け、あるいは相手の動きを封じるのには使えそうだが……戦闘以外には使えないのかな。

例えば食材に『美味くなれ』とか。流石に無理かなぁ。


そしてレンは周りを巻き込むからか、攻撃に参加できずにいるようだ。

身体から毒を発生させる能力、微妙に使い勝手が悪そうだな。

とまぁ一通り見せてもらったところで、そろそろこっちからも行くとするか。

こちらが防御してばかりでは向こうさんの能力の全容もわからないしな。

出来るだけ加減して……と。


「『風気弾』」

風系統魔術『風球』と『気』の合わせ技、巻き起こる風に気を乗せて放つ。

まだ気の使い方が未熟な俺には飛ばして当てる事は出来ないが、風球に乗せて放てばそれが可能となる。

利点としては相手を傷つけることなくそれなりのダメージを与える、という平和的な攻撃が出来るのだ。


「ぐわ――――っ！」「きゃ――――っ！」


放った風気弾はガリレアらに命中して吹き飛ばし、壁に叩きつけた。

普通の魔術だと確実に殺さないように加減するのはかなり神経を使うからな。

まずは小手調べって事で……ん？

壁に叩きつけられた彼らがいつ起き上がって来るかと身構えていたのだが、いつまで経っても起き上がってこない。

「……あれ？　どうしたんだ？」

「完全に気ィ失ってやすね」

呆れたように言うグリモ。

嘘だろ、大分加減したはずなのに。

それとも魔術が使えない一般人ってこんなもんなのだろうか。


「……仕方ない」

俺は彼らに治癒の魔術を施す。

「何やってるんですかい？　ロイド様」

「まだ彼らの技を全部見てない。それまでは戦ってもらわないと」

さっきは強すぎたのでもっと弱い攻撃を使おう。

武術の達人は相手を傷つけぬように制圧するらしい。

やはり俺は戦闘は苦手だな。

魔術も『気』も封印するとして……そうだ、これを使ってみるか。

腰に差していた吸魔の剣を抜き放つ。

本来の『吸魔』では既存の魔術しか吸収出来ないが、この剣は魔力を扱った現象全てに反応し、吸収するのだ。

しかも複数、長期間の保存が可能なのである。

彼らの技を全部吸収して後で調べさせて貰うとしよう。

そうこうしていると、治癒魔術が効いたのか起き上がってきた。

「う……い、一体何をされたんだ……」

「おはよう。それじゃあ続きをやろうか」

俺はそう言って、爽やかに笑う。

ガリレアたちは何故か顔を青ざめさせた。


「……同情するぜ、人間ども」

グリモがぼそりと呟いた。

それからしばらく、俺は彼らとバトルを繰り広げた。

相手に攻撃を撃たせ、適度に反撃をし、動けなくなったら治癒をしてやる。

一時間くらいやっていただろうか。


「参った！　も、もう勘弁してくれぇっ！」

ガリレアが両手を挙げて尻もちをつく。

「え？　なんでだよ。もっとやろう」

「いやいや、皆もう動けねぇ！　俺だってもう限界だ！」

見れば他の者たちも完全に倒れ伏していた。

おかしいな。治癒魔術をかけているからダメージはないはずなんだが。

「連中、魔力切れですぜ。どうやらやたらと燃費が悪いらしい」

魔力が完全に尽きると凄まじい虚脱感に襲われ、気を失う。

一般人などは垂れ流す魔力も小さいから問題ないが、大量の魔力を扱う魔術師は自分でその出力をコントロールするものだ。

しかし特異体質、天然の魔力使いである彼らにはそれが上手く出来ないようだ。

いわば常にバケツに穴が開いているようになっている状態。

魔力消費の大きい戦闘となるとすぐに魔力が尽きてしまうのだろう。ちなみにこういうタイプは微細な調整は難しくてもオンオフの切り替えは得意で、気配断ちが上手いのはそのせいだ。（ちなみに魔術師は逆に切り替えが苦手で、どうしても気配が漏れやすい）

「ってことはもう戦えない、ってことか？」

こくこくと頷くガリレアたち。

……むぅ、正直言ってまだまだ消化不良だが、ここであまり無理をさせても仕方ないか。

「わかったよ。そうまで言うなら……」

俺の言葉に、ガリレアたちは期待を込めた目をした。

「皆に魔力の制御方法を教えるよ。それなら大丈夫だよね」

俺の言葉に、ガリレアたちは絶望に染まった目をした。

「ちょ！　待てコラ！　こっちにはもう戦う気は……」

「まぁまぁ、いいからいいから」

遠慮するガリレアの背に手を当て、一気に魔力を流し込む。

「アッ――――！」

びくん、とガリレアの巨体が震え、倒れた。

「ガリレアーっ！」

他の者たちが慌てて駆け寄り抱き起こす。

ガリレアはすぐに目を開け、自身の身体を不思議そうに見やる。


「な、何だこりゃあ……？　身体がねばつかないぞ……？」

「ほ、本当だね……一体何をしたんだい？　第七王子さん」

「身体に直接術式を刻んだのさ」

自分でコントロール出来ないなら、外部からそれを強制すればいい。

垂れ流しになっている魔力を体内で循環させるよう術式を刻み、魔力の消耗を抑えたのだ。

もちろん、今までの能力も自分の意思で使用可能である。

人体に術式を付与するのは初めてだったが、上手くいったな。

魔剣作りを大量にこなした成果である。

「どうだい？　何か不調はあるか？」

「……いや、スゲェぜこれは。驚いた……」

目を凝らしてみるが、ちゃんと術式は動いているようだな。

「さて、みんなにもやってあげよう。そこに並ぶといい」

他の者たちは顔を見合わせ、頷いた。うんうん素直でよろしい。

まぁ断っても無理やりやるけどな。

というわけで全員に術式を施した。

全員、身体に不調などは見られず、能力のコントロールも出来ているようだ。

とはいえオン、オフが出来るようになった程度。

完全にコントロールするにはかなり時間を要するだろう。

「へぇ、半信半疑だったけど、本当に能力が勝手に発動しなくなったよ！」

「素晴らしいですねぇ。ククク」

「感謝スル。まともに喋ったのは、久しぶりダ」

皆、俺に感謝の言葉を述べた。

別に感謝される筋合いもないんだが。俺は俺のためにやっただけだし。

「ほら、アンタも礼を言いな」

タリアが部屋の隅でうずくまっているレンに声をかける。

レンはぶすっと不機嫌そうな顔で呟く。

「……ボクの身体、勝手に触られた」

「何だいそのくらい、別にいいでしょ減るもんじゃあるまいし。おかげであたりかまわず毒を撒き散らさずに済むようになってよかったじゃないか！」

「でも、うぅ……ぁ、あり……が……」

何かぼそぼそと言っているがよく聞こえない。

それを見たグリモが呆れたようにため息を吐く。


「はぁやれやれ、ロイド様、これは乙女の恥じらいっつーヤツですぜ。全く女ってのはどこの世界でも面倒なもんでさ。……なんて、かくいう俺も魔界にいた頃は女の一人や二人泣かせたもんですがねぇ。げへへ」

いやらしく笑うグリモ。気持ち悪いぞお前。

「……あの、ごめんなさいっ！」

なんてことを考えていると、レンが頭を下げてきた。

「戦争を企んでいると思ったけど、ボクの勘違いだったみたい。ロイドはすごい魔術師だ。魔剣も魔獣も必要なものだったんだね」

「わかってくれてよかったよ」

そういえば戦争がうんたらで城に忍び込んできたんだっけか。

まぁ俺としては飛んで火に入る……って感じで逆に良かったまであるし、むしろ礼を言いたいくらいである。

「……許してくれるの？」

「うん、気にするな」

俺が答えると、レンは顔を赤らめた。

「はぁ、あれだけの事をしたら普通は打ち首でもおかしくはねぇってのに全く気にしている様子がないとは何という器のデカさだ。この人なら……」

そんな俺を見て、ガリレアは何やらブツブツ言っている。

どうしたのだろうか……わからん。

「というか戦争潰しだっけ？　レンは何故そんなことをしてたんだ？」

「それは――」

「それは俺が話そう」

言いかけたレンの代わりにガリレアが答える。

「俺たちは皆、戦争によって居場所を追われた者たちだ。家族を失ったり、生きる糧を失ったりと理由は様々だが、皆一様に戦争を憎んでいる。この暗殺者ギルドの主な目的は戦争を始めようとしてる人物を暗殺して、始める前に潰す事なのさ」


なるほど、この国も十数年前まではポツポツと戦争が行われていた。

彼らはそんな戦争の被害者で、それをやめさせる為なら暗殺も辞さないというわけか。

あまり褒められたやり方ではないが、これも必要悪というものかもな。

考え込む俺を見て、ガリレアは思い切ったように言葉を続ける。

「なぁロイド様、頼みがある。……あんた、俺たちのボスになっちゃくれねぇかい？」

ガリレアの言葉に他の者たちが驚きの表情を見せる。

「ちょ、待てよガリレア！」

「正気⁉　相手は子供よ！」

止めようとする者たちの声に、ガリレアは頷く。

「あぁ、もちろんだとも。確かにロイド様は子供だし、先刻まで俺たちと敵対していた。だがあんたは俺たち『ノロワレ』を差別したりしねぇし、ボスにふさわしい強さもある。加えて先刻の俺たちの勘違いも笑って許せる器のデカさ。清濁併せ呑む人物であるロイド様だからこそ頼みたい――ロイド様、俺たちのボスになってくれ！」

真剣な顔で頭を下げるガリレア。

「俺を暗殺者ギルドのボスに？　ぞっとしない話だな」

「そう重く受け止めないでくれ。適当に言う事を聞く部下が五人、増えたと思ってくれればいいからよ。……さっきの話、聞いてたかも知れないが、俺たちは数ヵ月前に追われる身となったんだ。かつてボスだったジェイドに嵌《は》められてな」

そういえば受付嬢がそんな話をしていたっけ。

最近暗殺者ギルドはボスが姿を消し、まとまりを失い元通りに好き勝手を始めた、とか。だが嵌められた、というのは初耳だ。

「どういうことだ？」

「ジェイドが姿を消したところまでは事実だが、俺たちは悪さなんかやっちゃいねぇ。その根拠はこれだ」

ガリレアが一枚のメダルを俺に見せてきた。

それには狼のマークが刻まれている。

「これは今まで俺たちが仕事を終えた後、現場に残してきたもの。自分たちの仕業だってな。ジェイドが作ったもので特殊な魔術が込められてるらしく複製は不可能。これが昨今行われた悪事の現場に置かれていたんだ。そんなものを置いていくってのは、俺たちの手口を知っている人物でしかありえねぇ」

「つまりジェイドの仕業だと？」

「恐らくは」

頷くガリレア。他の者たちもそれを肯定しているように見える。

「あんたがボスになってくれれば濡《ぬ》れ衣を晴らす機会も作れるかもしれねぇ。いきなり信じてくれとは言わない！　俺たちがやってないと判断出来たらでいい。その時は冒険者ギルドに言って、手配書を取り下げるよう言ってもらいたいんだ！　……このギルドが出来る前の俺たちは嫌われ、蔑まれ、ドブネズミみたいにコソコソ生きてきたが、今は人らしい平穏な暮らしが出来ている。仲間も出来た。その為なら魔術の実験だろうが何だろうが、俺に出来ることは何でもやる！　だから頼む！　この通りだ！」

ガリレアが頭を下げると、他の者たちもそれに続く。

「私からもお願いだよ」

「皆の言葉に従うよ。キミをボスと認めよう。クク」

「頼ム……」

次々と頭を下げる彼らを見て、俺は考える。

彼らの能力はまだ先がある。

先刻、制御出来るように術式を刻んだし、これからもっと伸びるだろう。

ボスになるのは面倒だが、日々鍛えるよう言っておいて、新たな能力を編み出すたびに見せてもらえば……うん、より効率よく彼らの能力を観察出来るかもしれないな。

術式との上手い組み合わせを編み出してくれれば俺の魔術の研究にも役立つに違いない。

「……わかった。あんたたちのボスになろうじゃないか」

「本当か⁉　ありがてぇ！」

ガリレアの差し出してきた手を取り、握り返す。

「……」

ふと、レンが面白くなさそうな顔をしているのに気づく。

俺の視線にガリレアは、あぁと呟いた。

「レンのやつはジェイドにだいぶ懐いていたからな。ロイド様をボスとするのが面白くないんだろう。だがロイド様を認めてないわけじゃないぜ。感謝しているのは見ればわかる。素直じゃないんだあいつは。時間をかければあんたを受け入れるはずだ」

「ふーん、そうか」

時間がかかるなら後回しだな。

まぁ他の奴らの能力を調べてからでも全然遅くはない。

それまで自主的に能力開発をして貰うとしよう。


「……ん？」

そんなことを考えていると俺の頭上で術式が発生するのを感じた。

見上げると真っ黒い魔力の塊が浮かんでおり、そこから一枚の紙が落ちてきた。

それを手に取り、書かれていた文字を読む。

「暗殺者ギルドの皆へ、ジェイドより」

読み上げる俺の言葉に、皆は驚愕の表情を浮かべた。

「か、貸して！」

レンは俺からひったくるように手紙を奪う。

ビリビリと封筒を破くと、食い入るようにして読み始めた。


「えーと……『同胞たちよ、まずは突然いなくなった事を詫《わ》びさせてくれ。理由があったのだ。隠していたが僕はロードスト領主の三男坊、日々戦争を目論《もくろ》んでいる親兄弟たちを暗殺すべく、このギルドを立ち上げたのだ』」

レンの読み上げる文に、皆がざわめく。

「ロードストの三男坊だと？　確かにジェイドの所作振る舞いは育ちの良さを感じさせたな。魔術も使えたし、只者じゃないとは思っていたが……」

「そういやあそこの領主は戦争を企んでるからって何度も暗殺したわねぇ。ウチのギルドは戦争潰しを名目として作られた……つまり私たちは最初からあの男に利用されたってわけかい？」

「クク、互いの利害が一致した、というところでしょうねぇ。ジェイドは目の上のたんこぶを消したかった。俺たちは真っ当な生活が欲しかった」

「……俺ハ、居場所を作ってくれたジェイドに感謝してイル」

ロードスト領はサルーム南方にあり、そこの領主一族は昔から戦好きで有名だ。そういえばアルベルトやチャールズが、あそこは戦争を起こしそうだと気にしていたっけか。

結局そのたびに領主が死んで代替わりし、白紙に戻っていたが……なるほど、暗殺者ギルドの者たちが防いでいたんだな。

「……続きを読むよ。『もちろん最初から殺そうなんて考えてはいなかったよ。だが何度も説得したが応じてもらえず、強硬手段に出るしかなかった。僕としても苦渋の選択だった。ともあれ親兄弟たちがいなくなった後、僕はすぐに家へ戻り混乱を収めるべく立ち回った。その間はとても忙しく、皆に連絡が出来なかった。すまない。しかしようやく一段落がつき、僕は無事領主となれた。これも全て皆のおかげだと思っている。故に皆を我が領民に迎え入れたい。これからも僕の元で働いて欲しいのだ。どうだろう、この話を受けてくれるなら、明日夕刻ロードスト領主邸にて皆を歓迎する宴《うたげ》を催すので是非来て欲しい』……だって！」

今までの不機嫌さが嘘のように、パッと顔を輝かせるレン。

「ほら、連絡が来なかったのはやっぱり理由があったんだよ！　ボクたちのジェイドが領主になってたなんてすごいじゃない！　ジェイドの所へ行けば、ボクたちもそこで働けるんだよ⁉　今みたいにコソコソ逃げ回る必要はもうないんだ！」

だが揚々と語るレンとは裏腹に、他の者たちは眉を顰《ひそ》めている。

「うーむ、筋は通っていると思うが……」

「ええ、そうだとしても何故今になって……それに先日から続いている事件についてはわからないままよ」

「口封じ……なんて事もあるかもねぇ。クク」

「……」

ガリレアを始めとする他の者たちの反応はよくないようだ。

「こりゃどう考えても罠《わな》ですぜ。役目を終えた部下たちの口封じでしょうな。自分が領主になるために暗殺者を雇って親兄弟を殺してた、なんてことが知れたら苦労して手に入れた自分の座が危うい。大方暗殺者ギルドを騙《かた》って悪事を起こし、再度手配させようとしたが中々捕まらなくて業を煮やし、直接始末しようとした……ってところでしょうぜ」

グリモの言葉は尤《もっと》もだ。

しかし引っかかる部分もある。

「だが罠にかけたい者がこんなあからさまな手紙を送ってくるだろうか。それに隠れ家がわかってるなら、討伐隊を差し向けるなりなんなり、他にやりようはあると思うけどな」

「そうだよ！　いいこと言うねロイド！　ジェイドはそんな策謀を巡らせるような人じゃない！　それは皆も知ってるだろ！」

俺の呟きにレンが乗っかってくる。

「まぁ、言われてみればあいつはやたらとお人好《ひとよ》しっつーか、甘ちゃんなところはあったな」

「逃げ遅れた仲間を助ける為に、自ら飛び込んでいくようなおバカさんだったわねぇ。巷で行われてる悪事も一応人を傷つけてはいないらしいし……らしいといえばらしいのかも」

「だから我々も彼をボスと認めていたのだが……クク、確かにジェイドならこういった馬鹿正直な手紙を送ってくるかもしれないねぇ」

「俺は、ジェイドを信じタイ」

レンの言葉に他の者たちも同調する。

どうやらジェイドってやつは意外と信望が厚いようだな。

「……どちらにしろ、行って確かめるしかないか」

ガリレアがため息を吐いて言う。

「ま、そうね。案外その手紙に書かれた内容は本当で、成功したジェイドの下につけば私たちも美味しい思いが出来るかもしれないし？」

「いざとなったら逃げればいいさ。クク、俺はどんな隙間でも出入り出来るからねぇ」

「自分だけ逃げようとするのは、よくナイ」

「何かあったらボクが何とかするよ！」

「——決まりだな」

皆の言葉を受け、ガリレアは頷く。

そして俺の方を向き、頭を下げた。

「っつーわけだ。ロイド様。俺たちは一度ジェイドの元へ行ってみようと思う。今の今で本当に失礼だとは思うが、先刻言ったボスになって欲しいって話は一旦忘れてくれ！　無論、軽い言葉を吐いた責任は取ってあんたの実験とやらには付き合わせて貰う！　協力だって出来る限りのことはする。それで勘弁してくれねぇか？」

……ふむ、かつてのボスの元へ戻るって事か。まぁこちらとしては面倒を見なくても良いし、実験はしっかりやらせてもらえるので一石二鳥だな。

とはいえこの話、やすやすと頷くわけにはいかないな。

「……そうだな。確かに勝手な話だ。だから一つ条件がある。──俺も一緒に連れて行け」

「な……っ⁉　だ、だが聞いての通りリスクがある！　しかもあんたには何のメリットもないんだぜ⁉」

驚くガリレアに、俺は微笑を返す。

「なに、一度はお前たちのボスとなった身だ。最後まで面倒見るってのが筋というものだ。実際どうなるか、わからないんだろ？　万が一の時は俺が何とかしてやるよ」

「あ、あんたって人は……！」

俺の言葉にガリレアは目を潤ませる。

他の者たちも感動しているようだ。

「ロイド……！」

レンは何故か顔を赤らめていた。

どうやら皆、異存はないようである。

「決まりだな」

「……ありがてぇ。たとえボスでなくなったとしても、俺たちはあんたに尽くすことを誓うぜ……！」

一同は改めて深々と頭を下げるのだった。

「はぁ、驚きましたぜ。まさかロイド様がそんなお優しい事を言い出すとは」

「うん、万が一の事があって彼らの能力を失うのは嫌だし、何よりジェイドの能力も気になるからね」

先刻手紙を届けた能力、あれは間違いなく空間転移によるものだ。

この能力を持つ者は自身の座標を維持出来ず、気づけば別の場所に移動したりと子供の頃から何度も神隠しに遭っている。

ジェイドはその能力を明らかに制御していた。

空間転移は空間系統魔術の元にもなっており、長年研究されていたがどうにも制御が難しくまともに使えた人間はいない。

術式と能力を上手く組み合わせているのだろうか。

それを完全に制御しているとは……ジェイド、すごい奴だ。

これは能力だけでなく本人にも興味が出てきたな。

是非会いたくなってきたぞ。

「ワクワクして来たな！　グリモ！」

「はぁ、まぁそんな事だと思ってやしたがね……」

それを聞いてため息を吐くグリモ。

何を呆れているのだろうか。相変わらずよくわからん奴である。


というわけで俺たちはロードスト領主邸へと向かう事にした。

目立たないように夜のうちに隠れ家を出立、街の外へ出る。


「さて、ロードストまではそれなりに距離がある。歩いても間に合うとは思うが、途中誰かに見つかったら厄介だな」

「ロイド様の話じゃあ俺たちは手配書を出される一歩手前なんだろう？　いつ捕まってもおかしくはないぜ」

「目立つ真似は避けたいところだねぇ。ネズミのようにコソコソと行くべきだ。クク」

「どうする？　……ロイド」

レンが上目遣いにこちらを見る。

歩いて行くのは面倒だし、もう彼らには俺の魔術を隠す必要はない。

移動なら魔術を使えばどうとでもなる。

「飛んで行こう」

「はぁ？」

全員の声がハモる。

「『飛翔』を使う。見たことくらいはあるだろ？　あっという間に到着するぞ」

俺の言葉にガリレアがぶんぶんと手を振る。

「いやいやいやいやいや、あれは自分を飛ばす魔術なんだろう？　俺たちの事を忘れてもらっちゃ困るぜ」

「『飛翔』は使い手の少ない上位魔術と聞くわ。速度もそこまで速くないそうだけど？」

「安心してくれ。俺のならまとめてぶっ飛ばせるからさ。とりあえずそこに立ってくれ。あ、動いたらダメだぞ。下手したら衝撃で首がへし折れるかもしれないから」

「ひっ⁉」

俺の声に彼らは悲鳴をあげた。

「まぁ折れても治癒魔術で治せるから安心してくれ。でもどうせなら折れない方がいいだろ？」

「お、おう……」

全員、こくこくと頷きながら俺が指差した場所でピタリと固まる。

とりあえず今ので少しは安心しただろうか。

シルファ曰く——新しく加わった部下というのはいつも不安なもの。上に立つ者はそんな彼らにある程度気も使うものです。彼らの安全を保障し、何かをする場合はきちんと説明をする。そうして不安を排除してあげなければ部下との信頼関係は生まれませんよ——との事だからな。

うん、我ながら上手く出来たと思う。


「言っときますがロイド様、そいつはただの恐怖支配ってやつですぜ」

「え？　そうなのか？」

恐怖を与えたつもりはないのだが……言われて彼らをちらっと見ると、顔が引きつっているように見える。

うーん、相変わらずいまいち普通の感覚がわからん。

「まぁいいか、よーし行くぞ！」


空間系統魔術『領域拡大』。

これは術式の効果範囲を広くする魔術で、様々な魔術との連携が出来る。

他にも鞄《かばん》などにかけて荷物の入る容量を増やしたり出来る便利な魔術だ。

それを『飛翔』と術式で連結し、発動させる。

彼らと共に、俺の身体がふわりと宙に浮いた。

「あわわわわっ⁉　う、浮いてる⁉」

「喋ったら舌を噛むぞ」

「むぐっ」

慌てて口を押さえるレン、その他。

俺が念じると、全員まとめてロードスト領へ飛んで行くのだった。


——飛行開始から10分ほど経っただろうか、

「ち、ちょ……ま、待ってくれ……死ぬ……」

「え？　なんだって」

振り向くと、ガリレアが何やら苦しそうな顔をしている。

「恐らくロイド様の『飛翔』の速度に耐えられないいんでしょう。高所では呼吸がしにくいもんですし、それにこれだけの速度で飛んでるんだ、身体への負担も相当なもんでさ。休憩を挟んだ方がいいんじゃないですかね」

「一応魔力障壁は張ってるんだがなぁ……」

グリモに言われて見てみれば、確かに全員辛そうにしている。

今にもゲロ吐きそうだし仕方ない、一度降りるとするか。

俺は『飛翔』を解き、降下させる。


「ぜぇ、ぜぇ……ひぃー……」


着陸すると、全員その場に座り込み息を荒らげていた。

ただ一人、レンを除いては。


「みんな、大丈夫？」

「お、おう……あんまり大丈夫じゃ、ねぇ……」

レンは弱った皆に心配そうに声をかける。

他の連中があれだけぐったりしているのに、レンは平気そうである。

「……ボクは毒を体内に宿す『ノロワレ』。今までの人生は常に毒と共にあった。だから
かわからないけど、今まで一度も身体が不調になった事はないんだよ」

「へぇ、そういう利点もあるんだな」

彼らは言わば生まれつき身体に魔力が混じり、分離できなくなった状態。

その特異体質には不利益な点もあれば利点もある。

毒を生み出し撒き散らす体質のレンには、体内の毒を無効化する性質があるのだろう。

毒、ひいては身体を弱らせる様々な要因にも強いのかもしれない。

「利点……そんな事、初めていわれた」

「何事も表裏一体、悪い部分もあればいい部分もあるさ。というか自分で『ノロワレ』なんていうもんじゃないぞ」

俺から見ればレンたちは呪われているというよりは、ただの特異体質。

それを自ら卑下しているようで、聞いてるこっちはあまり気分が良くない。

レンはしばし考えた後、頷いた。


「……うん、わかった」


うんうん、わかればよろしい。

ところで何故顔が少し赤いのだろう。

体調不良にはならないんじゃなかったのか。まぁいいや。

「それより聞きたいんだが、さっきの話だとレンには毒が効かないのか？　どんな猛毒でも？」

「そ、そんな目を輝かせられても困るけど……うん、毒に関しては野草やキノコなんかはなんでも食べられたかな。おかげで森の動植物なんかは何が美味しく食べられるか、わかるようになったよ。そうだ！　ここらで食事休憩にしない？　お腹すいたでしょう？」

「言われてみれば……」

深夜、起きてからずっと動き通しだったな。

もう昼前だし、思い出したら腹が減ってきた。

俺の腹がぐぅぅ、と鳴るのを聞いて、レンは嬉しそうに微笑んだ。

「決まりだね！　食事の用意はボクに任せて、皆は休んでおいてよ」

言うが早いか、レンは山の中へと駆け出した。

すごいな。あっという間に見えなくなったぞ。

それから待つことしばし、食材を採って戻ってきたレンは早速調理を始めた。

鍋を火でぐつぐつ煮ていると、辺りにいい匂いが立ち込め始める。

「はいっ！　出来たよ！　即席鍋っ！」

鍋の中には見たこともない物体がプカプカと浮かんでいる。

「ほう、なんだいこりゃあ？　あまり見た事ない食材だが……」

「採ってきた野草やキノコ、そして蛇と野ネズミだよ」

「な……っ⁉」

それを聞いたガリレアたちが顔を顰《しか》める。

「こいつは中々毒々しいですな……見た目もそうだが、あの娘っ子が作ったものだ。マジで毒が入ってる可能性もありやすぜ」

グリモも鍋を見て苦笑している。

しーんと静まり返る中、グツグツと煮え立つ音だけが聞こえていた。

「あ……そ、そうだよね。ごめん。こんなの料理じゃないよね。その、無理して食べなくても大丈夫だよ。ボクが一人で食べるから……」

しょんぼりした顔で手をつけようとするレン。

俺はそれに先んじて鍋へと手を伸ばす。

そしてレンからスプーンを奪い取るとひょいぱく、と口に入れた。

「むぐむぐ……うん、結構美味いな」

皆が驚愕の視線を送る中、俺は鍋のものを勢いよく食べ始めた。

前世では金がない時はクズ野菜や野草、動物の死体なんかを鍋にぶち込み食べたものである。

何回か腹も壊したし、食えないほどまずいものもあった。

それに比べればレンの採ってきた具材は味に関してはまともだ。


「……俺も、いただコウ」

次に手を伸ばしたのがクロウだ。

もぐもぐと美味そうに食べるのを見て、他の者たちも手を伸ばす。

「おおっ！　確かに美味いじゃねぇか！」

「本当だよ。見た目にはよらないもんだねぇ」

「……へへっ、でしょう？　選《よ》りすぐってきたからね！」


先刻まで落ち込んでいたのはどこへやら、レンは得意げに笑う。

「相手の差し出してきたものを美味しく食べるのは信頼を得る為に有効な行為の一つ。だが貧民街育ちの俺たちですらためらうアレを躊躇せず食べるとは……ロイド様は本当に王族なのか？」

「だが効果は抜群だったようだねぇ……レンの奴、さっきからずっと視線でロイド様を追っているよ。頬を赤らめて、初々しいねぇ」

「クク、想像以上に大した器ですねぇ」

「俺もロイド、好きになっタ」

皆、口々にブツブツ言っている。

食事中は黙って食べるのがマナーだぞ。

「もぐもぐ、おかわり」

「はいっ！」

俺が差し出した器に、レンは笑顔で大盛りに注いだ。


食事を終え、片付けをしているレンをぼんやりと眺めていた。

「それにしてもレンの奴、本当に森に詳しいんだな」

これだけの野草やキノコを採って来れるなんて、普通ではないぞ。

どれだけ森に籠っていたのやら。

「詳しいなんてもんじゃないぜ。なにせレンは幼い頃はずっと森で生活していたらしいからな」

「森で？　何故だ？」

俺の質問にガリレアは少し考えた後、答える。

「……まぁロイド様になら話してもいいだろう。俺たち『ノロワレ』は街では嫌われ者、ここにいる連中は皆、色々とひでぇ扱いを受けたもんさ。だがレンへの迫害は俺たちとは比べものにならなかった。なんでも生まれて数年で自身の撒き散らす毒で両親が死に、その後も親戚の家を転々としていたらしい。行く先々で嫌われ続けたレンは結局居場所を失い家を出た。逃げ込むように森へ入り、以来ずっとそこで生活をしていたそうだ」

ガリレアの言葉にグリモが頷く。

「確かに周囲に毒を撒き散らすような人間は街では厄介者でしょうなぁ。街の連中の気持ちもわかるぜ」

人は自分と違うものを嫌うものだ。

前世でも俺が魔術の研究をしてた時は、よく白い目で見られたものである。

「そこへ現れたのがジェイドだ。ジェイドはレンに色々な事を教えた。『ノロワレ』としての処世術、能力の制御方法、それでも漏れる毒の対策にと、魔力遮断の術式を編み込んだ服だって作ってやった。その甲斐あってレンは今のように明るさを取り戻したのさ。だからレンはジェイドを実の兄のように慕っているんだよ」

重々しい口調で語るガリレア。

……なるほど、そんなことがあったのか。

レンはやたらジェイドに対する信頼を口にしていたが、そういう事なら無理もないな。

「ジェイド自身も『ノロワレ』だ。貴族の生まれだがきっとそれなりにひどい扱いも受けたんだろう。常々言っていたよ。どんな手を使っても自分たちが差別されない住みよい街を作ってみせるってな。なんやかんや言ったが、俺たちはそんなジェイドについてきたんだ。あいつが俺たちを裏切ったなんて思いたくはねぇ」

まっすぐ前を見据えるガリレア。

なるほど、罠の可能性がありつつもこうしてここまで来たのはジェイドを信じているからこそか。

レンも、他の者たちもそうなのだろう。

俺も協力してやりたいところだな。……彼らのような能力者が住みやすい街が出来れば、色んな研究対象が増えるし。

「ロイド様、なんでニヤニヤしてるんですかい？」

「え？　そんな顔してたか？」

おかしい。キリッとしてたはずなんだけどな。

キリッと口元を結ぶ俺を見て、グリモは怪訝《けげん》そうに沈黙していた。

◇◇◇

そして一夜を明かし、翌日。

レン以外への負担のデカい『飛翔』は使わず、歩いてロードスト領主邸へと向かった。

おかげで時間はかかったが到着したのは夕方前。丁度いい時間である。

ロードスト領主邸は街から離れた丘の上にあり、防壁と川に囲まれたその姿はまさしく堅牢《けんろう》な要塞。

戦好きな領主が建てただけはあるな。

何度か他国との小競り合いをしたが一度たりとも落ちた事がないらしい。

「それにしても……何やら騒がしいな」

身を隠しながら近づいていくと、邸には明かりが煌々《こうこう》と輝いており、遠くからでもわかるほど大勢の人の気配を感じられる。

「きっとボクたちを歓迎する準備をしているんだよ！」

「だといいが……まぁこうしていても仕方ないな」

ガリレアはそう言うと身を乗り出し、入り口に向かって歩き始める。

「とりあえず俺一人で行ってみるぜ。何かあったらすぐに逃げるからよ」

そう言うとガリレアの気配が、すっと薄くなった。

おおっ、レンが城に侵入した時と同じ感じだ。

じっくり見ている今ならわかる。普段、身体からわずかに漏れている魔力を完全にシャットアウトしているのだ。

改めて見るとすごい技だな。普段からどれだけ魔力を練り上げるかを考えている魔術師にはそれを完全に断つのは難しい。

普通の人間も無意識に魔力を出しており、達人はその僅かな気配を辿《たど》るという。

逆に言えば漏れ出る魔力を断てば達人にも気配は知られないのは道理。今度試してみるか。

そんな事を考えているうちに、ガリレアは手から蜘蛛の糸を伸ばし城壁に張りつけ、それを手繰ってよじ登っていく。

天井をひらりひらりと飛び渡りながら進んでいく。まるで蜘蛛だな。

あっという間に邸へ辿り着いたガリレアは窓を覗《のぞ》き込んだ。

そしてしばらく観察した後、戻ってくる。

「普通に宴の準備をしていたな。兵士もいるが武装は最小限だ。マジで歓迎されてるみたいだぜ」

「ふむ……行くしかないか」

どちらにせよここまで来て行かないって選択肢はない。

俺たちはまっすぐに門へと向かう。

そこにいた兵士はにこやかな顔で俺たちを迎えた。

「ようこそ。ジェイド様の同胞様ですね。どうぞ中へお進み下さい。宴の準備が整っておりますので」

「……どうも」

心配をよそに、あっさり通される。

中では沢山の兵士たちが和やかに談笑していた。

テーブルには沢山の豪華な料理と酒が並んでいた。

「こちらでご自由に食事をしながら待っていて欲しい、と我が主人は仰っています」

「おほーっ！　こりゃすげぇ！　とんでもねぇご馳走《ちそう》だぜ！」

「見た事がないような酒もあるよ！」

「どれを食べてもなんでもいいのかい？　クク、大盤振る舞いじゃないか。すごいねぇ」

「……美味ソウ」

兵士に勧められ、食事を始めるガリレアたち。

よほど腹が減っていたのだろうか。凄い勢いだ。


「ロイド様、なーんか嫌な感じがしやすね……」

「あぁ、面白そうな雰囲気がプンプンするな」

この周囲一帯に漂う魔力濃度の高さ。

兵士たちからも普通の人間とは思えない魔力を感じる。

そして何より、最上階から届く異様な気配。

何が起こっても不思議ではない。

「ていうか毒があるかもしれねぇのに、あいつらバクバク食べてますが大丈夫ですかい？」

「一応『鑑定』で見たが毒などはなさそうだな。兵士たちも食べているし、その点は問題ないと思う」

分析系統魔術『鑑定』はあらゆる物体についての情報を得る。

毒などが入っていれば一発でわかるのだ。

とはいえ食べる気は起こらないが。

辺りを観察していると、兵士の一人が声をかけてきた。


「おや、飲まれていないのですか？」

「あいにくと喉が渇いていなくてね」

「おや！　なんと勿体《もったい》無い！　ここらで手に入る一番のワインなのですぞ！　あぁ美味い美味い！」

兵士は楽しそうにワインをガブガブと飲み干す。

口の端からは真っ赤な液体が零れている。

兵士の目の焦点は合っておらず、笑いながらワインを呷《あお》るその光景は何とも不気味だ。

それはこの兵士一人だけでなく、他の者たちも似たようなものである。


「ロイド、なんだか怖いよ……」

レンが俺に身を寄せてくる。

どうやらこの異様さを感じ取っているようだ。

「どう考えても危険だよ。何かが起きている。皆、何で気づかないの？」

「辺りを漂う妙な魔力に酔っているんだろうな」


何者かの発する強力な魔力。

耐性を持たない者はまともな意識は保てないだろう。

レンが平気なのはあらゆる体調不良を防ぐという特異体質によるものだろう。

異様な光景、異様な事態、そんな中、階上の気配が動き始める。

ゆっくり下へ、階段を降りてきた。

かつん、と渇いた音が響き人影が姿を見せると、騒がしかった会場が一斉に静まり返る。

「やぁやぁ、よく来てくれたね。同胞たち」

黒く長い髪、そして漆黒の瞳を持つ青年だった。


「ジェイド……？」


レンがぽつりと呟く。

その顔はかつて信頼した仲間に向けるものではなく、戸惑いと恐怖に染まって見えた。

飲み食いするガリレアたちを見て、ジェイドは微笑を浮かべた。

「ジェイド！」

レンが不安そうな顔で声を上げる。

「あの……まずはおめでとう。そしてこんな立派な宴を開いてくれてありがとう。……なんか雰囲気変わっちゃったけど、領主様になったんだもの。仕方ないよね」

何とか笑顔を作りながら言葉を紡ぐレンだったが、表情はすぐに弱々しくなっていく。

無理もない。ジェイドがレンに向ける目はあまりに冷たい。

無言の圧力に押し潰されそうになるレンだったが、覚悟を決めて前を見据える。

「ジェイド、話をしてよ！　宴の最中に無粋なのかもしれないけど、今までの事、これからの事、何を思っているか、何を感じているか……全て話して欲しい！　あの頃みたいに！　……ボクは不安で仕方ないんだよ。お願いだ。そんな冷たい目で、見ないで……」

最後は消え入りそうな声だった。

ジェイドはそれを見て、微笑を浮かべる。

「おやおやこの豚は、一体誰に許しを得て発言をしているんだい？」

優しく、諭すような口調とは裏腹に、ジェイドの言葉は突き放すようなものだった。

信じられないといった顔のレンの周りに、一気に大量の魔力が集まってくる。


「か、は……っ！」


とても人が生きていられないその濃度に、レンは膝を突いた。

息を荒らげながら、ジェイドを見上げる。

「ジェ、イド……？」

「ほう、殺すつもりで圧をかけているんだが……なるほど、これが『ノロワレ』というものか。……ええっとキミは確か、レンとか言ったかな？　毒を吐く『ノロワレ』だね」

ジェイドはまるで珍獣でも見るような視線をレンに向ける。

「それにガリレア、タリア、バビロン、クロウ……うん、皆ジェイドが従えていた者たちだな。思い出してきたよ」

順に視線を送るジェイド、見ればガリレアたちは既に倒れ伏していた。

先刻集めた魔力の余波に当てられたのだろう。

死んではいないが意識を失っている。

「み……んな……？　ジェイドっ！　何を……言ってるの……？」

仲間を、それどころか自分の事すら他人事のように喋るジェイドに、レンは混乱しているようだ。

ジェイドは……否、奴は人ではない。

奴は狼狽《うろた》えるレンを見て、可笑《おか》しそうに笑う。

「アッハッハ！　……そうかそうか。そうだよね。何も分からぬまま消えていくのも不憫《ふびん》だよねぇ。いいだろう、興も乗ってきたし教えてあげるよ。今一体何が起きているのか、をね」

奴は口元を歪め、言葉を続ける。

「――キミたちを従えていたジェイドは死んだ。僕が殺してその身体を奪ったのさ。その能力、記憶も当然僕のものだ。先日送った手紙の内容を見れば理解出来ただろう？　あれは僕の身体に残留するジェイドの記憶を使って書いたものなのさ。どうだい、筆跡までちゃんと同じだっただろう？」

「う、嘘だ！」

「嘘じゃない。というか……くっくっ、それが真実だとキミ自身も理解しているんじゃないかい？　だからそんな青い顔をしている」

「……ッ！」

青ざめた顔で唇を噛むレンを見て、奴は愉しげに目を細める。

身体を乗っ取った……ということはこいつ、魔人か。

魔人は実体を持たぬが故、人などの身体を乗っ取り自らのものとする力がある。

「ちなみにもはやどうでもいいかもしれないが、手紙の内容は本当だよ。ジェイドはここの貴族の三男坊で、邪魔な親兄弟を殺す為にキミたちを利用した。一段落ついた辺りで呼び戻そうとしていたのも本当らしい。だがその前に僕が現れたのさ。彼は非常に変わった『ノロワレ』でね。僕はそれが欲しくて遠路はるばるここまで来たんだよ。色々抵抗もされたが……まぁこの通り。ジェイドは僕となった」

「そんな……っ！」


レンの瞳が絶望の色に染まる。

「そうそう、ジェイドは僕が眠っている間にキミたちの名を騙《かた》って事件を起こして回っていたそうだねぇ。恐らくだが自分の仕業と気づかせ、キミたちを裏切ったと見せかけて、キミたちをここに近づかせないようにしていたんじゃないかな？　いやぁ、泣かせる話じゃないか。消えそうな最後の意識を振り絞り、仲間を逃がそうとしていたなんてさ。……だがそれは叶わなかった。もはやジェイドの意識は完全に僕の中に沈み、この身体は完全に僕のものになったんだよ。アハハハハハ！」

奴はそう言うと、高笑いを始めた。

兵たちも釣られて笑う。

「はははははははははははははは！」

奴が手を挙げると、兵たちは笑うのを止めた。

「ちなみにこの兵たちは魔界より連れてきた配下の魔人たちに身体を乗っ取らせた。折角ここまで来たのだし、能力試しがてら国の一つや二つ潰して帰ろうと思ってね。今日はその前夜祭というわけさ」

「戦争を……するつもり、なの……？」

よりにもよって戦争潰しを掲げていたジェイドに、レンたちに、それをやらせるつもりなのか。

レンは悔しげに奴を睨みつける。

噛んだ唇からは血が滲《にじ》んでいた。

「そうだ。血沸き肉躍る、殺しの宴だ。喜べ、キミたちも参加できるのだからね。アハッ！」

奴はマントを靡《なび》かせ、袖を捲《まく》り上げる。

その細腕には黒い人面が幾つも浮かんでいた。

「さて、本題に入るとしよう。キミたち『ノロワレ』を呼んだ理由はただ一つ、その身体だ。魔人と『ノロワレ』は非常に相性が良くてね。よい戦力になるのだよ。魔界より連れてきた僕の配下である魔人の依《よ》り代《しろ》となってもらうとしよう！　ハハハハハハハ！」

再度、奴は大笑いする。

絶望に顔を伏せ、膝を折るレン。

そんな中、奴と俺の目が合った。

「おや、キミは……何故僕の圧を受けて平気な顔をしているのかな？　頭が高いぞ。跪《ひざまず》き給《たま》え」

奴はそう言って周囲の魔力を俺へと集めていく。

更に濃い魔力が俺を中心に渦を巻く……が、特にどうということはない。

いくら周囲の魔力圧を上げても、自身の魔力濃度が高ければ何の影響もないのだ。

「ふむ……これは驚きだ。通常の人間であれば一瞬にして挽肉《ひきにく》になる圧力をかけているのだぞ？　キミは一体なんだ？」

「ただの王子さ。第七のね」

「第七王子……あぁ、少しだけ聞き覚えがあるね。確か名はロイド＝ディ＝サルーム。王子でありながら凄まじい魔術の才能を持ち、しかも努力を惜しまない変わった人物だとか。独自の魔術研究を幾つも行っており、しかもその対象は非常に多岐に亘《わた》る。ジェイドがとても会いたがっていたよ。彼も自身の能力を制御する為、魔術を研究していたからね。話を聞きたがっていたようだ」

「奇遇だな。俺もだよ……だが貴様に無にされた」

「残念無念♪」

可笑しそうに笑う奴を俺は睨みつける。

野郎……せっかくの、ジェイドという貴重な人材を得る機会を奪いやがって。

魔術にも能力にも造詣の深い彼に会って話が出来れば、能力の新たな使い道や魔術との組み合わせが生まれたかもしれない。

その上戦争だと？　そんな事をされたら俺の知らない貴重な人材が死ぬかもしれないじゃないか。

人の国で勝手な真似をしてくれる……いくら研究し甲斐のある魔人だからって許さんぞ。

「……確か魔人は大量の魔術をぶつければ倒せるんだったな」

魔人には魔術は効かないが、発動の際に起きる衝撃波などで微小なダメージを受けるそうだ。

故に高速で大量の魔術を当てれば、問題なく倒せるのである。


「むっ⁉」


俺は奴の身体を結界で覆うと、その中に大量の魔術を仕込む。

そして、発動。

どどどどどどどど！　と結界の中で無数の魔術が発動する。

奴は連続して巻き起こる爆煙に呑まれた。

数十秒、撃ち続けただろうか。ゆっくりと煙が晴れていく。

「……ふむ、確かに凄まじいまでの術式展開量。速度、威力共に申し分ない。キミほどの魔術師はそうはいないだろう」

煙の中から奴が姿を現す。

その身体は霧が集まったようなもので、実体はない。

やはり魔人……しかし俺の魔術が効いていないとはどういう事だろうか。

思考を巡らせていると、ふと掌が小刻みに震えているのに気づく。

「ヤベェ……何故こいつがこんな所に……!? あ、ありえねぇ……!」

「どうしたグリモ」

「すぐに逃げたほうがいい。ロイド様、奴は魔人じゃあねぇ……魔族だ!」

——魔族、それは俺たちの住む大陸の外側、大海の彼方《かなた》、魔界と呼ばれる場所に住む一族である。

人類の歴史に時折現れて大きな爪痕を残しては気まぐれに姿を消す、そんな災害のような存在だ。

最近では三十年以上前に出現し、時の大魔術師が大軍を率いて立ち向かった。

激しい戦いの末なんとか撃退したがその魔術師は死に、軍も半壊、国が幾つも滅びたとか。

当時の事を記した書には確かこう書かれている。

「——魔人を従え、高い魔力と強靭《きょうじん》な肉体を持ち、凄まじい力を振るう存在……だっけ? つまり魔人は魔族の部下なのか?」

「ハッ、馬鹿言っちゃいけませんぜ。俺たちは奴らにとってはただの奴隷。いや、家畜みたいなもんでさ。この大陸にいる魔人は殆ど向こうから逃げて来た連中ですよ。俺も含めてね」

吐き捨てるように言うグリモ。

「魔人には一級から十級までの格がありやす。ちなみに俺は三級でパズズは八級。格の違いはそのまま戦闘力の違いとなる。……ですが、魔族はそこから更に外れた存在だ。一級の魔人を百人集めたって、魔族には手も足も出やしねぇ。言うなれば魔人は平民、魔族は王侯貴族って感じでさ。数は少ないが圧倒的な力を持つ連中です。如何にロイド様と言えど分が悪すぎますぜ……」

ほうほう、グリモにそこまで言わしめる連中なのか。

魔族というくらいだから何かすごい技の一つや二つ隠し持ってるんだろうな。

なんだか面白そうじゃないか。

「なんかすごいワクワクしてやせん!?」

「そ、そうか？」

グリモが突っ込んでくる。

そんな顔をしていたのだろうか。……していたかもしれない。

「とにかく奴はヤバいんですよ！　早く逃げた方がいい！」

「おやおや、妙な気配がすると思えば……キミは魔人をその身に宿しているのかい？　しかも支配されているわけではなく、逆に使役しているようだ。全く情けない魔人だな。同じ魔界に属する身として恥ずかしい限りだよ」

　奴が呟きながら、階段から降りてくる。

「お前の名は？」

「ふむ……いいだろう。キミはただの豚ではなさそうだ。僕の名を聞く権利がある。僕の名はギザルム＝レーイル＝ヴァルヘンヴァッハ。そこの魔人が言っていた通り、誇り高き魔族だよ」

「誇り高き、ねぇ。無思慮に人を見下すのは自分に自信がない証拠だ。空っぽの器で自尊心だけが肥大化している。真に誇り高き者は身分が下の者であろうと、見下したりはしないものだよ。……ちなみにこれ、ウチの教育方針ね」

　シルファにはよく言い聞かせられたものである。

　まぁ前世では平民だったので、もともと人を見下すなんてのはした事ないけど。

　俺の言葉にギザルムは口角を歪《いびつ》に釣り上げた。

「……言うじゃないか。いいだろう。今、キミには僕を楽しませる義務が生じた。やりたいようにさせてもらうが――簡単には死んでくれるなよ？」

ギザルムは、すぅと指先を持ち上げる。

なんだろう。あの指先、妙な感じがする。

目を凝らすとギザルムの指先が黒く輝いているのが見えた。

瞬間、黒い光が俺の胸元へと伸びる。

何かの攻撃⁉　だが魔力障壁が自動展開され――ない⁉

本来であればあらゆる攻撃に反応し、即座に魔力障壁を展開するはず。

にもかかわらずそれに一切引っかからないとは、一体どんな理屈なのだろうか。

一瞬受けてみたい衝動に駆られるが、すぐ後ろに魔人が身体を乗っ取った兵士がいるのに気づく。

よし、こいつに受けてもらうとしよう。ひょいっとな。


「ぐぎゃあ⁉」

黒い光が兵士の胸を貫いた。

びくんと身体を震わせると、兵士は倒れて動かなくなる。


「……死んだのか？」

ちょんちょんと足で蹴ってみるが、やはり動かない。

試しに『鑑定』で見てみると、外傷や出血などはなく、心臓のみが綺麗に止まっていた。

「魔人が入っているとはいえベースは人間、本体が死ねば魔人も命を落としやすすぜ」

むぅ、部下を殺すとはなんて奴だ。

まぁ俺が避《よ》けたせいでもあるが。

「それは置いといて……今の攻撃、ただ魔力を撃ち出しただけに見えたが」

「えぇ、その通りでさ。魔族ってのは大気中に存在する魔力を、念じるだけで自在に操る
……恐らく『死ね』とでも念じたんでしょうな」

つまりは術式を介さずそのまま現象を引き起こす能力。

タリアの自傷によるダメージやクロウの呪言、レンの毒霧を魔力障壁で防げないのは、
術式によってこの世界に顕現したものではないからだ。

魔力を水に例えるならば魔力障壁はザルのようなもの。形あるものは受け止められて
も、水のままでは素通りしてしまう。

「なるほど、つまりギザルムの操る魔力はレンたちの能力の強化版とでも言ったところか」

「何……？」

俺の言葉にギザルムが反応する。

「今、聞き捨てならぬ言葉が聞こえたが……僕の力とそこらの豚どもの力が同じだと？」

「違うのか？」

「全く違うっ！」

先刻までの穏やかな口調はどこへやら、ギザルムはいきなり激昂した。

「これは誇り高き魔族の技だ！　豚どもが使う能力などと比べる事すらおこがましい！　そもそもキミたちが魔術と呼んでいる『それ』も僕ら魔族が使う力の劣化版でしかないのだよ！」

「おいおい聞き捨てならないな。魔術だって昔に比べてすごく進歩しているんだぞ？　あまりバカにしたもんじゃないぜ」

「フッ……術式による魔力制御、か？　所詮猿真似、子供だましよ！　ならその魔術とやらで我が力に対抗してみるがいいっ！」

ギザルムは口元を歪めると、全身に魔力を集め始めた。

そして、放つ。

放たれた魔力は俺の足元に着弾すると、鋭い刃を形作り、伸ばしてきた。

「おおっと」

だが物質として顕現したものは魔力障壁にてガード可能だ。
全てを軽く弾《はじ》いていると、足元の魔力が一点に集まるのが見える。
それはぶっとい槍《やり》のような塊となり、突いてきた。
こいつは強いな。魔力障壁では防ぎ切れないか。
ならば迎撃する。

「『震撃岩牙』」

俺の言葉と共に、足元から巨大な岩の牙が生まれた。
岩の牙は魔力槍とぶつかり、相殺する。
「ふっ、それだけで終わると思うか？」
ギザルムが指先を動かすと、砕けた魔力槍がもう一度集まった。
むっ、中々早いな。魔術での迎撃は間に合わないか。
迫る魔力槍が自動展開した魔力障壁を貫いた。
がががが！　と連続発動した魔力障壁が五枚立て続けに破壊されてしまう。
そのまま――がつん！　と俺の胸元に命中した。

「ロイドっ⁉」


悲痛な声を上げるレン。

が、別にどうということはない。

先刻の魔力槍は自動展開とはまた別の魔力障壁で防いでいた。

皮膚の数ミリ前で発動した魔力障壁は、寸前で受けるという制約により自動展開のものより数十倍硬い。

魔力障壁・強とでも言ったところか。

ただ魔力障壁にぶつかってちょっと痛かったけどな。

「ほう、僕の魔力槍を防ぐとは……だが槍は一本ではないよ」

「何……？」

言いかけた俺の心臓が、どくんと脈打つ。

これは……？　俺が胸に手を当てるのを見て、ギザルムはニヤリと笑う。

「魔力槍は二重だったのさ。物理で貫く槍と、ただ心臓を穿《うが》つ槍の、ね」

なるほど、ギザルムは『死ね』と命じて放つ魔力と先刻の魔力槍を重ねて撃ってきたのだ。

俺の心臓の鼓動が徐々に弱くなっていくのを感じる。

そして、脈打つのを止めた。

「ロイド様⁉　ちょ、そんなまさか……し、死んじまったんですかい⁉　ロイド様ーっ！」

「アハハハハ！　大きな口を叩く割に大したことはなかったねぇ！　まぁ少しは楽しめたよ。少しだけだが、ね！　アハハハハ！　ハハハハハハハハ！」

ギザルムの高笑いが辺りに響く。

しばらくそうして笑っていただろうか、ギザルムはふと棒立ちのまま動かぬ俺に視線を向けた。

「……キミ、なぜ倒れないんだい？」

「そりゃ、必要がないからな」

「何ぃっ⁉」

俺が言葉を返すと、ギザルムはびくんと肩を震わせた。

大きく飛び退《の》き、距離を取る。

「ロイド様！　無事でしたか！　しかし一体どうして……？」

「あらかじめ『蘇生《そせい》』をかけておいたのさ」

――治癒系統魔術『蘇生』。

魔術にもこの手の即死効果を持つ魔術は存在する。

それに対応する為に生まれたのが、この『蘇生』だ。

止まった心臓を無理やり動かし、息を吹き返させるという魔術。

名前の通り死んだ人間を生き返らせるというものではないが、心拍の止まった人間にすぐ使えば高確率で蘇生可能だ。

先刻の攻撃、心臓のみを止めていたのでこれが効くと思ったのである。

ふむ、術式を解いてみたが心臓は問題なく動いているようだ。


「ば、馬鹿な……！　止めた心臓を動かした、だと……？」

驚愕の表情を浮かべるギザルム。

結局魔族の力というのは、術式を使っていないだけで魔術とそう変わらないようだ。

だったら現代の進歩した魔術には、対応手段はいくらでもある。

「……その力、思ったより単純だな」

「……ッ！」

俺の言葉に、ギザルムは目を見開く。

そのこめかみには青筋が浮かんでいた。

「何やってんすかロイド様ぁぁぁっ！」

いきなり、グリモが大声を上げる。

うおっ、大きな声を出すなよな。びっくりするだろ。

「い、一体どうしたんだよ……？」

「どうしたもこうしたもねぇですよ！　さっきの攻撃、避けようと思えば避けれたでしょう！　野郎の攻撃をわざと受けるなんてどうかしてやすぜ!?　何かあったらどうするんですかい！」

あ、バレてた。

実際は際どかったが、好奇心で迷いが生じてついつい受けてしまったのである。

「……まぁそうは言っても、一度くらいは試しに受けてみないとわからないからなぁ」

術式を使わない魔力による物理現象。

魔術とはどう違うのか、どんな風に作用するのか、実際に受けてみないとわからないものである。

思ったよりはフツーだったけど、それも受けなきゃわからなかった事だ。

俺の返答にグリモは閉口している。

「あんたの命は一つしかねぇんだ！　自分の身を大事にしてくれねぇと困りやすぜ！　く

れぐれも無茶はしないでくだせぇよ！」

「何だよ、心配してくれてるのか？」

「そ、そういうわけじゃないですが……ぐっ、いつか俺のモンになる身体なんだ。こんなところで死なれちゃ困るんだよ……！」

ブツブツ言い始めるグリモ。

まぁ確かに、前世でも知らない魔術を見ようとしてモロに喰《く》らって死んじゃったしな。少しは慎重になった方がいいか。うん。


「試しに受けてみた……だとぉ……ハハハ、笑わせてくれるじゃあないか……！」

ごう、とギザルムの身体に周囲から集まった魔力が満ちていく。

ギザルムが両手を挙げ、そこに巨大な魔力球が生まれた。

目を凝らさずともわかる魔力濃度、パチパチと火花が爆《は》ぜている。

おお、かなりの出力だな。

ここまでの魔力量は中々お目にかかれるものではないぞ。

「ここら一帯の全魔力を集めた……この邸は破壊したくはなかったんだけどね。キミが悪いのだよ？　僕を挑発するような事を言った、キミがねぇ……！」

怒りに引きつったような笑みを浮かべるギザルム。

面白そうな攻撃……だがこのままでは後ろにいるレンたちが巻き添えを喰らいそうだ。

「レン、皆を連れてここから離れろ」

魔力を一点に集めた結果、魔力圧により動けなくなっていたガリレアたちも起き上がっている。

兵士たちも戸惑っているし、今なら逃げられるだろう。

「う、うん……でもロイドはどうするの？」

「俺は大丈夫だ。いいから行け」

「……わかった。気を付けて！」

レンは名残惜しそうに何度も振り返りながら、皆を連れて走り始める。

よし、行ったか。レンたちがいたら邪魔だからな。

これで心置きなくいろいろ試しながら戦える。


「逃がすか！」


走り去るレンたちに向け、ギザルムが魔力球から数本の槍を放った。

だが俺が展開した魔力障壁がそれを弾き飛ばす。

ぎぃん！　と鈍い音と共に弾かれた魔力槍が兵士を貫いた。

「おいおい、折角溜めた魔力を無駄使いするなよ。全魔力をぶつけてこないと面白くないじゃないか」

「……く、くくく……そうか。そこまで死にたいならば望み通りにしてあげよう。僕の全魔力を乗せた『黒死玉』、こいつは全てを亜空間に飲み込む僕の最強の技だ。これを前にしてまだそんな減らず口が叩けるか、見ものだねぇ！」

ギザルムは集めた魔力球を一気に凝縮させていく。

みし、みしと空間の歪む音が辺りに響く。

あの黒い渦、見覚えがあるぞ。

ってことはあれを使えば……思考を巡らせているとグリモが声を上げる。

「ちょ、ロイド様一体どうするつもりなんですかい⁉　ヤバすぎる魔力圧ですぜ⁉」

「問題ない、受け止める」

「今、無茶はするなって言ったばかりじゃないっすかあああああ！」

ギザルムは凶相を浮かべながら、掲げていた両手を振り下ろす。

「アハッ！　受け止められると思うならやってみるがいい！　全てを飲み込め！　『黒死

玉』！」

ごおう！　と高速で放たれた魔力球は、瓦礫《がれき》を消し飛ばし、兵士を貫き、土埃《つちぼこり》を吸い込み、あらゆる障害物を飲み込みながらもこちらへ向かって来た。

俺は『火球』にて炎を生み出し、魔力球へと放ってみる。

じゅう、と一筋の煙を残し、炎は消滅してしまった。


「アハハハハ！　無駄無駄ぁ！　僕の『黒死玉』は魔力障壁だろうがなんだろうが、全てを飲み込み擦り潰すんだよ！　防御は不可能！　さぁ擦り潰されるがいいっ！」

高笑いするギザルム。

迫り来る魔力球にグリモが声を上げる。

「だあああっ！　やっぱり無茶ですぜ――――っ！」

「大丈夫、無茶じゃないさ」

しかし俺はぽつりと呟いて返す。


先刻、自身で受けてみてギザルムの能力は大体わかった。

魔力に命令を乗せて飛ばすわけだが、その効果は単純なものに限られる。

そして魔力槍を『震撃岩牙』で相殺したように、似たような効果の魔術なら対抗も出来る。

ギザルムは魔術は魔族の使うこの力から生まれたと言っていた。

つまりその違いは術式を介すかそうでないか、ではなかろうか。

そしてあの魔力球と同じような現象を起こす魔術に俺は覚えがある。

——空間系統魔術『虚空』。

亜空間へ通じる穴を生み出し、そこに触れたあらゆる物体を消滅させるという魔術だ。

魔力障壁だろうがなんだろうが、何でもである。

一度『虚空』がどれくらいの質量を飲み込むのかを試した事があるが、山一つ丸呑《まるの》みにしてしまった。

その時ふと思ったのだ。

この魔術同士をぶつけたらどうなるのだろう、と。

試した結果は、実際に見てのお楽しみである。


「——というわけで、ほいっとな」

俺が『虚空』を発動させると、目の前に黒い渦が生まれた。

直後、それと魔力球が激突する。

ぎゅううううううう！　と唸るような音と共に混じり合い、弾き合い、溶け合い——そして最後には両方とも消滅してしまった。

「な、何ぃ!?」

驚愕の表情を浮かべるギザルム。そう、空間に空いた異空間への穴がぶつかり合うと、互いに喰らい合い何も起きずに対消滅してしまうのだ。

どんなとんでもない事が起こるのだろうとワクワクしながら『虚空』を並べて撃った俺の胸のときめきを返して欲しい。

せっかく真夜中に城を抜け出して、誰もいない海の上で試し撃ちしたのに……おほん、まぁそれはともかくだ。

「今のが最強の技、だったのか？　ギザルム」

「ぐ、ぐぐぅ……！」

俺の言葉に歯ぎしりをするギザルム。

ふむ、この様子では先刻の言葉は本当だったようだな。

ならもうこいつに用はない。終わらせるだけ、である。

「じゃあ今度はこちらから行かせてもらうぞ」

俺が一歩踏み出すと、ギザルムは後ずさった。

ちらりと視線を後方へ向ける。

レンたちは……うん、もう邸の外まで逃げているな。

これで心置きなくやれそうだ。


「さて、と――」

「ぐ……！」

一歩後ずさるギザルム。

何かをやろうと手を掲げ、魔力を集めようとするが不発。

当然だ。さっきの攻撃で周囲の魔力は随分と少なくなっているからな。

通常、魔術師は周囲の魔力ではなく自身の魔力を使って魔術を行使する。

その方が魔力を制御しやすいし、術式で増幅させれば出力は十分足りるからだ。

対してギザルムのそれはあまりに力任せな方法である。

確かに周囲の魔力を大量に集めて放てば、自身の魔力を使わずに済む。

だが考えなしにそれをやれば辺りの魔力がなくなり、しばらくの間は攻撃が出来なくなる。

……そういえばグリモが使っていた古代魔術も大量の魔力を集めて撃ち出すだけ、みたいな単純なものだったな。

魔界ではそれで十分だったから工夫が生まれなかったのかもしれない。

「よぉし！　奴の攻撃は恐るるに足りねぇ！　反撃開始だぜロイド様！　今なら奴は無抵抗、魔族といえどさっきの魔術を当てれば倒せるぜ！　さっさとぶっ殺しちまってくだせぇ！」

はしゃぐグリモ、だがそう上手くはいかないだろうな。

難しい顔をする俺を見て、ギザルムは何かに気づいたように口元を歪めた。

「！　……そうか。なるほど。く、くく……そういう事か。確かに僕の攻撃でキミに決定打は与えられないかもしれない。だがそれはキミも同じなのだろう？」

「……ご明察」

先刻撃ち込んだ魔術ではギザルムに全くダメージを与えられなかった。

グリモの言う通り、魔力すらも亜空間へ飛ばせる『虚空』なら倒せるだろうが、あれは射程が短すぎるのだ。

空間系統魔術は制御が非常に難しいので手元から離すと暴走する恐れがあり、発動にも結構時間がかかるので動き回る相手に当てるのは至難の技なのである。

「そ、そんな……」

「まぁそういうことだ。加えて言えばキミの他の攻撃が当たっても僕にはダメージを与えられないが、僕の攻撃が当たりさえすればキミを殺すことは可能。つまりこちらはキミが息切れをするまで攻撃を続ければいいのだよ。キミが魔力切れを起こし防御不可能となった時、僕の勝ちが確定するというわけさ！」

ずずず、と手元に魔力球を浮かべるギザルム。


む、思ったより魔力が満ちるのが早いな。

ここら一帯の魔力を使い果たしたとは言っても、水が低きに流れるように他所から魔力はどんどん流れてくる。

そこそこの威力の攻撃ならば、辺りの魔力を枯渇させずに連続して攻撃を行う事は可能だろう。


「てことは……やっぱりヤバいじゃねぇっすかぁーっ！」

グリモが悲鳴を上げる中、ギザルムが魔力の刃《やいば》を放ってくる。

「アハハハハ！　その通り！　大人しく死ぬといいよ！」

「く……！」

攻撃を全て魔力障壁で弾きながら、こちらからも反撃を試みる。

右手に生み出した口と共に呪文の詠唱を開始する。

「[redacted]、[redacted]」

火系統最上位魔術『焦熱炎牙』と風系統最上位魔術『烈空嵐牙』の二重詠唱。

巻き起こる炎と風が渦巻き、鋭い牙を形作る。

――合成系統魔術『炎嵐渦牙』

どかあああん！　と爆音を響かせ、炎と風の混じり合った牙がギザルムに命中した。

「くくく……無駄無駄」

だが実体を持たぬギザルムには効果はないようだ。

燃やそうが切り裂こうが、すぐに元に戻ってしまう。

「この身体はあくまで仮初の身、如何なる攻撃も無駄無駄無駄ァ！　人間如きが僕たち魔族を倒す事なんて不可能なのだよ。そして更にもう一つ、絶望的な事を教えてあげよう

「……！」

ギザルムが手をかざすと、魔法陣が身体を包んだ。

術式⁉　何故今頃になって……疑問に思っているとグリモが俺の手ごと動いた。

「ロイド様、後ろですぜっ！」

引っ張られた俺のすぐ横を、ギザルムの魔力球が掠《かす》める。

見ればギザルムの腕だけが俺の真後ろに浮いていた。

「くく、惜しい……」

そう呟くギザルムの腕は、途中で消えている。

どうやら腕だけを空間転移させたようだ。

「……なるほど、ジェイドの能力か」

暗殺者ギルドにて、手紙を直接届けた能力。

予想はしていたが、やはりジェイドの能力は空間転移だったか。

しかも自分の能力を空間系統魔術や補助術式と組み合わせ、自在にコントロールしているのだろう。

むぅ、なんて便利なんだ。羨ましい。

「ほらほらほらほら！　死角からの攻撃に全て対応出来るかい⁉」

ギザルムは両手を俺の頭上、背後に空間転移させ、魔力球を撃ってくる。

上下左右から放たれる魔力球。

魔力の流れが読みにくく、しかも魔力障壁で防ぎ切れない程の威力だ。

「ロイド様、右……じゃなくて上……いやっ、下、右後ろ……あぁぁぁぁっ！　もうわけがわからねぇ⁉」

「魔力障壁だけで対応しきれないか……ならば、こいつを使う！」

腰に差していた吸魔の剣を抜き放つ。

魔術を吸い取り蓄える事が出来るこの剣に加え、制御系統魔術にて全力のシルファの動きをトレースする。


「ふっ！」


短く息を吐いて剣を振るう。その刃で迫りくる攻撃を全て受け止め、吸収した。

更に宙に浮いたギザルムの手に追撃をかけるが、そちらは術式に掠っただけで終わる。

「おおっと、魔術師と侮っていたが思った以上に動けるじゃあないか。……だがその速度、今ので憶えた」

どおん！　と下顎が突き上げられる。

下方から撃ち込まれた魔力球により、自動展開した魔力障壁が砕け散った。

すぐに剣を振るうが距離がありすぎて届かない。

俺の空振りの隙を突き、またも放たれる魔力球。

どん！　がん！　ぎん！　がつん！　完全に間合いを見切られ、俺の死角、または射程外から撃ち込まれる魔力球にてこちらの魔力障壁は破壊されていく。

そして、全てを突破した魔力球が俺の頭を捉え、揺らした。


「ロイド様ぁっ！」

衝撃で少しだけよろめいたが平気だ。

至近距離に展開した魔力障壁・強でガードしている。

だが矢継ぎ早に放たれる魔力球が、その上から俺を打つ。打つ。打つ。

ガツンガツンとうるさい音と共に衝撃が響き、俺はついに膝を突いた。

その間も攻撃が止む事はない。

「アハハハハ！　無様だな！　まるで亀のようじゃあないか！　そのまま蹲《うずくま》っているがい

い！　亀の甲羅を毟《むし》るがごとく、その魔力障壁を全て剝ぎ取ってくれる！」

高笑いしながらも頭上から降り注ぐ魔力球の雨あられ。

俺はただうずくまって耐えるのみである。

「終わりだ！　死ね！　死ね死ね死ね死ね！　死ねっ！　この僕に逆らった事を後悔して、死――」

言いかけたギザルムの攻撃が止まる。

そりゃ止めざるを得ない。

何せ攻撃を仕掛けようとした奴の腕は、既に消滅しているのだから。

「な……っ⁉　な、何故僕の腕が……⁉」

「ふむ、やはり異空間に呑み込まれた箇所は魔族だからって復活は出来ないようだな」

俺の言葉にギザルムは自分の腕を空間転移させた箇所を見る。

そこには黒い渦が浮かんでいた。

異空間へと通じる扉を開く魔術『虚空』により生まれた渦が。

「ば……馬鹿なぁぁあっ⁉」

ギザルムの腕はモヤがかかったようになり、そこから霧散しているように見える。

魔人が消える時と似ていた。

「い、一体何をした……？　僕は攻撃のたびに移動していたし、死角も突いていた。動きを先読みはされてないはずだ。故にそんなすっとろい攻撃に当たるはずがない……！」

「そうですぜロイド様！　その魔術は発生も遅いし射程も短いからとてもじゃないが当てられないと言ってたじゃないですかい⁉」

ギザルムとグリモ、二人の問いに頷いて答える。

「あぁ、だから術式を組んだのさ。今さっき、蹲っている間にね」

——先刻、俺は相手の空間転移術式に吸魔の剣で触れた。

触れた事によりその術式を吸収、調べ上げた。

吸魔の剣には『鑑定』の術式を刻んでおり、吸い上げた術式の構成を調べることも出来る。

そして調べ上げた術式の出始めを感知する術式を今しがた組み上げたのだ。

あとはそれに『虚空』の術式を連動させるだけ。

ギザルムの腕が空間転移してくると同時に術式を読み取り、その場所目掛けて『虚空』が発動。

腕が出現したのと同じ場所に、亜空間への穴が開くという寸法である。

「術式を組み上げた⁉　さっき丸まっていた間にか⁉　術式は簡単なものでも数日がかりで組み上げるようなもの。たった数十秒で出来るような事ではない！　ありえない！　ありえないありえないありえないっ！」

「信じられねぇ！　半端ないですぜロイド様！　これも日々術式をいじくり倒して魔術を魔改造しているおかげだ！　染みついているんだ、術式の解析能力が！　組立能力が！　ありえねぇレベルで！」

二人が何やらブツブツ言っている。

まだ余裕あるな。トドメを刺しておくとするか。

俺は狼狽えるギザルム目掛け、『虚空』を発動させる。

「しまっ――――⁉」

独り言に気を取られていたギザルムのどてっぱらに開く、黒い穴。

そこへギザルムの身体は吸い込まれていく。

胴体が、手足が、頭が――

「ぐ……く、く……くそぉおおおおおおおおおお！」
ギザルムの断末魔の声が邸に響く。
だがそれもすぐに聞こえなくなった。
黒い渦が消滅し、ただ静寂だけが訪れた。

チリのようになって消滅していくギザルム。
それをしばし見送っていると、ふと声が聞こえた。

「ありがとう、レンを、皆を頼む」

そんな優しい声だった気がする。

「どうしたんですかい、ロイド様」
「あぁ、いや。何でもない」

吸魔の剣で吸い取った空間転移の術式、あれはどこか優しさを感じるものだった。

複雑な構成の割に読みやすく、非常に理解しやすい、読む者に優しい術式。

あれだけ丁寧だったからこそ短時間で読み解くことが出来、それに対応する術式を編み上げる事が出来たのだ。

これだけの術式を編み上げるとは……ジェイドか。一度話してみたかったな。

感傷に浸っていると、外が騒がしいのに気づく。

「ロイド様！　外が大変なことになってやすぜ！」

やべっ、そういえば逃げた魔人兵士どもをほったらかしだった。

レンたちと戦っているのだろうか。

だとするとあまりに多勢に無勢、早く何とかしないとヤバい。

慌てて窓から身を乗り出す。

「……なんだこりゃ？」

眼下を見れば、そこでは魔人兵士たちに火の雨が降り注いでいた。

混乱する魔人兵士たちに追撃をかけているのは、数十人のどこかで見覚えのある騎士たち。

彼らが剣を振るうたび、炎が舞い雷が落ちる。

「いけ！　敵を逃すな！」

勇ましい声を上げているのは……アルベルトだった。

騎士たちが手にしているのは俺が作った魔剣だ。


「放て！」


アルベルトの指揮で、騎士たちが一斉に剣を振り下ろす。

発動した魔術の束が天から降り、魔人兵士たちを焼き尽くしていく。

こりゃ凄まじい威力だ。魔術は同時に放つ事でその威力は二倍にも三倍にもなるのは合成系統魔術で実証済み。

それはもちろん魔剣でも同様だ。

部隊規模で放たれた魔剣の威力は推して知るべし、である。

炎が、雷が降り注ぐたび、魔人兵士たちは吹きとび、倒れ、ボロボロになっていく。

「なぁグリモ、あいつら一応魔人なんだろ？　魔人に魔術は効かないはずじゃなかったのか？」

「奴らは魔人の中でも最下位である十級ですからね。その上人間の身体をベースにしてるから、剣で斬っても死ぬでしょうぜ。あんな魔術を喰らったらひとたまりもないでしょうな」

ふむ、魔人といえども級位によってはそこまでではないんだな。

普通の人間よりは強いのだろうが、アルベルト率いる魔剣部隊には手も足も出ないようである。

「くそっ！　狙うなら指揮官だ！　あの優男を狙え！」

炎の隙間を縫って、数人の魔人兵士たちがアルベルトに突っ込んでいく。

だが連中がアルベルトに辿りつく寸前、一陣の風が吹いた。

どがががん！　と衝撃音が鳴り響き、吹き飛ばされる魔人兵士たち。

土煙が消えたその場に立っていたのは、拳を構えたタオだった。

「アルベルト様、危ないところだったね！」

「あ、あぁ。ありがとう」

「ふひひ、やはりアルベルト様はイケメンあるなぁ。無理してついてきた甲斐があったよ。こうして恩を売れば親衛隊に取り立てられたりするかも……！　そしたら玉の輿《こし》も狙えるある♪」

タオが邪悪な顔でニヤニヤ笑っている。

多分アルベルトが街を出る時に偶然出会って、半ば無理やりついてきたんだろうなぁ。

何というか逞《たくま》しい。

「うおおおお！　ぶっ飛びやがれえええええ！」

魔剣部隊の放つ大魔術に匹敵するような炎の渦が立ち昇る。

あれはディアンだ。

なんでついてきてるのかわからんが、俺の作った魔剣を振るっている。

「行ってちょうだいリル！」

「ウォォォォオン！」

咆哮と共に銀狼が戦場を駆ける。

そのたびに撥《は》ね飛ばされる兵士たち。

銀狼の背中に乗っているのは、アリーゼだ。

おいおい、なんで二人がこんな所にいるんだよ。

「ロイド様、ご無事でしたか！」

扉から聞こえる声に振り向くと、シルファがいた。

その傍らにいたシロが凄い勢いで駆けてくる。

「オンッ！　オンオンオォォ——ンッ！」

「うわっ⁉　お、おいシロ⁉」

思い切り飛びつかれ、押し倒される。


「くぅーん、くぅーん」

「こら、くすぐったいって」

ペロペロと顔を舐められながら、俺は起き上がる。

シロはハッハッと息を荒らげながら、つぶらな目で俺を見つめる。


「もしかして、俺の匂いを追ってきたのか？」

「オンッ！」

そうだ、と言わんばかりに大きな声で吠えるシロ。

「えぇ、その通りでございます」

シルファがそう言いながら、俺を睨みつつ歩み寄ってくる。怖い。超怖い。

「今朝、シロから叩き起こされて連れて行かれた先、ロイド様のお部屋はもぬけの殻でした。慌ててアルベルト様に報告しましたよ。城中を捜索しましたが見つからず、その間もシロはずっと南の方角、つまりここを向いて吠え続けていました。これは何かが起こっているに違いないとアルベルト様は部隊をまとめて出撃しようとしたのです。するとディアン様とアリーゼ様もご一緒なさると申されまして……」

「こんなことになったと……」


しまったな。せめて分身の一つでも置いてくればよかった。

まさかここまで長丁場になるとは思わなかったからな。

夢中になるとつい色々と抜け落ちちゃうんだよな。反省反省。


「全く、ロイド様の事はわかっていたつもりですが……今回の事態、私の想定をはるかに超えていましたよ。ふふ、ふふふふふ……」

「し、シルファ……？」


やべ、怒られる。俺は近づいてくるシルファを前に、思わず目を瞑った。

「流石でございます。ロイド様」

だがシルファの言葉は俺の予想に反したものだった。

恐る恐る目を開けると、シルファの後ろには目に涙をいっぱいに溜めたレンがいた。

「事情はこの者に聞きましたよ。ロイド様の噂を聞きつけたこの者たちが夜中、嘆願しに来た。ロードスト領主の部下である彼らは主の蜂起を知り、止めて欲しいと乞うた、と言ったところでしょうか。ロイド様はその願いを聞き入れ、共にこの邸へと乗り込んだのですね。しかし現れたのは領主の姿をした悪魔。反乱分子をおびき寄せる罠だった。にもかかわらず見事にそれを討ち倒すとは……このシルファ、感服いたしました」

「あ、あー……まぁ、ね……」

思わず愛想笑いが漏れる。

どうやら俺が逃がした後、レンは誰かに助けを求めたのだろう。

そこにアルベルトたちがいて、こうなったわけだ。

それにしても咄嗟にしては上手い言い訳である。

レンの奴、誤魔化してくれたようだな。

「ロイドぉ……うっ、ひぐっ……無事、だった……うぅ……」

「おい、レン……？」

「ボク……夢中で……この人たちがいて、助けてって……ひっく……死ななくて……ほんと……よかっ……た……」


……いや、こんなまともに喋れない状態ではそれは無理か。

恐らくシルファが言葉の断片で読み取ってくれたのだろう。

おかげで上手く誤魔化せたが、その分すごく誤解されてる気がしなくもない。……まぁ結果オーライだ。うん。


「領主を殺し身体を乗っ取ったその手管、恐らく魔人だったのでしょう。それを単独で倒して除《の》けるとは、ロイド様の成長は私の想定の遥《はる》か上をいかれておられる。それだけではありません。アルベルト様だけでなく、ディアン様にアリーゼ様までが危険を冒してロイド様を助けに馳《は》せ参じるとは、人望までもある。あぁ、素晴らしいですロイド様……！」

何かウットリした顔でブツブツ言ってるが、怖いので目を合わさないようにしよう。

「……帰るか」

「オンッ！」

元気よく返事するシロを連れ、俺は邸を出るのだった。

戦いを終えた俺たちは、馬車にて城へと帰還していた。

帰りの馬車は俺を真ん中にして左にアルベルト、右にディアン、その隣にアリーゼ、馬を操るのはシルファ、そして膝の上にシロ。

外ではタオとガリレアたちが馬車のすぐ脇を歩いている。

「全く、あまり僕たちを心配させるんじゃないぞ」

「ごめんなさい。アルベルト兄さん」

俺が謝ると、アルベルトはすぐに柔和な笑みを浮かべる。

「まぁ魔剣部隊の試験運用が出来たのはよかったがな。ロイド、お前の作った魔剣は思った以上の強さだったよ。これからもよろしく頼むぞ」

「はいっ！」

「おいおいアル兄ぃ、魔剣を作ったのはロイドと俺、だぜ？　そいつを忘れてもらっちゃ困るな」

話に割って入ってきたディアンに、アルベルトは頷いて返す。

「もちろんだ。ディアンの事も頼りにしている」

「任せときなって！　それよりロイド、お前魔人を倒したんだってな？　スゲェじゃねぇか！」


魔人じゃないんだけどな。

内心苦笑しながらも、吸魔の剣を手に取り頷く。

「はい、ディアン兄さんの作った魔剣がなければ勝てなかったかもしれません！」

「へっ、嬉しい事言ってくれるねぇ！　魔力を吸う魔剣なんて何に使うのかと思ったが、魔人相手なら効果的だったのかもな！」

照れ臭そうに鼻の頭を擦るディアン。

その横からアリーゼがひょこっと顔を出した。

「ロイド、シロの事をちゃんと褒めてあげたかしら？　あんな遠くからあなたの危機に気づき、ここまで皆を連れてくるなんて、中々できることじゃあないわよぉ？」

「もちろんわかってますよ、アリーゼ姉さん。よくやったぞシロ」

「オンッ！」

膝の上のシロを撫でると、元気よく鳴いて答えた。

「あらあら、私が言うまでもなかったわねぇ。二人はとってもとっても固い絆で結ばれてるんだわ。素敵ねぇ」

微笑みながら俺とシロの頭を撫でるアリーゼ。

何とも言えないのどかな空気が流れる。


「……ところでロイド様、彼らをどうなさるおつもりですか？」

俺たちの会話が止まったのを見計らい、シルファが俺に問いかけた。

「彼らは暗殺者ギルドの人間、理由はあれど、かつては悪事を働いていた者たちばかりです。ロイド様の忠実な部下になる、とは言っておりますが、実際のところ何をするかわかったものではありません」


あの後、レンたちについて俺は説明した。

彼らはロードスト領主に仕えていた暗殺者ギルドの人間だが、今は俺の元で働きたいと言っていると。

……嘘は言ってない。だがやはり、アルベルトたちはよく思っていないようだ。

「シルファの言うことは尤《もっと》もだ。部下を取るのはいい。ロイドもいい年頃だからな。しかし部下の失態の責任は必ず上に返ってくる。札付きの者たちを部下に付けるなら、上の者もそういう目で見られる。特にお前は王族だ。色々と苦言を呈す者も必ず出てくるだろう。そうなった時、お前はどうするつもりだ？　ロイド」

珍しく真剣なアルベルトの言葉に、俺は少し考えて答えた。

「アルベルト兄さんの言葉は至極《しごく》尤《もっと》も。そう見られぬよう、彼らによく言いつけます。失態を演じた場合は厳しく罰し、責任も取るつもりです」

「……ふむ、よく言った。その言葉に偽りはないな？」

「はい」


そう言ってアルベルトは腰の鞘に手をかけた。

「お、おいアル兄ぃ……」

「黙っていろ」

いつもと違うアルベルトの冷たい声色に、場の雰囲気が静まり返る。

その指先がぴくりと動いた、その時である。

「待って下さいっ！」

馬車の外で声が聞こえた。

ヒヒンといななき、馬車が急停止する。

窓を開けて外を見れば、レンたちが膝を突いていた。

「……ボクたちは、確かに悪事を行ってきました。人も殺した。それに普通の身体じゃありません。蔑まれるのが普通だった。……でもロイドはそんなボクたちを見下したりしなかった。力を貸してくれた。命も助けてもらった。ボクたちはこの御恩に報いたい。その為には命をかける覚悟です！　ボクたちの事で罰を与えようというなら、まずボクを斬って下さい！」

レンが真っ直ぐにアルベルトを見て言う。

他の者たちもそれに続いた。

「王子様たちから見たら俺たちの信用なんてゴミみてぇなもんだ。さっきみてぇな言葉は当然です。だが俺たちはロイド様に大きな恩がある。これからはその恩返しがしてぇ。ロイド様の為に生きたいんだ」

「私からもお願いします。下働きでも何でも致します」

「クク、料理の腕には自信がありましてね。我々は意外に使えます。けして損はさせませんよ」

「俺も掃除、上手い。だから頼ム」

皆が一様に頭を下げるのを見て、アルベルトは短く息を吐いた。

そして剣から手を離し、茫然《ぼうぜん》とする俺の方を向き直るとにっこりと笑う。


「ふっ、そんな顔をするな。少しロイドの覚悟を試しただけだよ。可愛い弟に剣を向けるはずがないだろう？　……まぁこんな展開になるとも思わなかったがな」

アルベルトは跪くレンたちを見て、苦笑する。

「君たちの覚悟、第二王子たるアルベルト＝ディ＝サルームがしっかりと聞かせてもらった。難癖をつけて来るような輩は僕が許さぬ。故に君たちは安心してロイドの為に働くと良い」

「は、はいっ！」

皆の返事を聞き、アルベルトは満足そうに頷いた。

アルベルトが睨みを利かせてくれるなら、彼らを蔑む者たちもそう出てはこないだろう。

「アルベルト様の采配も見事ながら、それを信じるロイドの受け答えも完璧だった。美しき兄弟の絆……ご馳走様ある。ふひっ」

「冒険者ギルドですら手こずった暗殺者たちにあそこまで言わせるとは……見事ですロイド様」

「うんうん、僕の脅しにも屈しないとは相当の覚悟だ。あそこまでの部下はそう得られないだろう。やるなロイド。その調子でもっともっと高みを目指すのだぞ」

「……へっ、部下もロイドも、命がけで互いを思いやってやがる。いい話じゃねぇか……ちくしょう、雨でもないのに頬が濡れらぁ。……ずびっ」

「愛ねぇ。愛だわぁ……ぐすっ」


皆、俺たちのやりとりを見てブツブツ言い始めた。

ディアンとアリーゼに至っては涙ぐんでいる。

一体どうしたのだろう。なんか怖いんだが。

◇◇◇

数日後、城に帰った俺はチャールズに呼び出されていた。

玉座の間に通された俺は、その前に跪《ひざまず》く。

うっ、すごく難しい顔をしているぞ。

ヤバいな。これは絶対怒られるやつだ。

夜中に抜け出しただけならまだしも、暗殺者を部下にして、ロードスト領を滅茶苦茶にしてしまったもんなぁ。

我ながら無茶をしすぎた。

戦々恐々としながら、チャールズの言葉を待つ。


「……ロイドよ、とんでもない事をしてしまったな」

「は、はい……」

思わず顔を伏せる俺に、チャールズは言葉を続ける。

「ワシは常々ロードスト領を警戒しておったのだ。あそこの領主はよく戦争をしようと企んでいたからな。だからいつ挙兵してきても問題なきよう、アルベルトに戦の準備を進めさせておった。今回、手早く向かえたのはそれが理由じゃ。だがロイド、お前はそれよりも早くロードストへ向かい、丁度蜂起しようとしている場に赴き、連中に裁きを喰らわせた。全くとんでもない事じゃ」

「へ……？」

想定外の言葉に俺は思わず顔を上げる。

「しかもアルベルトの話によれば、相当の強者どもを配下に加えたと聞く。彼らは命を賭して仕える、などと言っているらしいな。全く、大した子だと思ってはいたが、これほどとは思わなかったぞ」

うんうんと頷くチャールズ。

……えーと、これはどういうことだってばよ。

まだ状況が飲み込めてない俺は、チャールズに問う。

「父上、もしかして俺は褒められているのですか？」

「どう聞いてもそうであろうが。よくやったぞ。ロイド、流石は我が息子じゃ！」

パチパチパチパチパチ、と大臣たちが拍手をする。

アルベルトの方を見ると、拍手しながらもぱちんとウインクを送ってきた。

どうやらアルベルトが俺のしでかした事を色々とねじ曲げて、いいように伝えてくれたようである。

「今回の件、褒美が必要じゃろう。どうだロイド、手柄繋がりでロードスト領を治めてみんか？」

「な……っ！　り、領主になれという事ですか⁉」

んか？」

「いや、領主自体は他の者に任せて、お前はその者に指示を出せば良い。お前が一領主に収まる器ではないのはよぉく知っておるのでな。だが間接的にとはいえ、一つの土地を治めるというのはお前のこれからの人生において必ず良い経験となるだろう。それにやりたい事が増えてきた頃であろう。土地と人材があるというのは便利じゃぞ？」

むぅ、言われてみれば俺が自由に出来る領地ってのは魔術の実験においてとても便利かもしれない。

大規模魔術や超広範囲魔術なんかは、膨大な土地が必要だ。

現状では視野にも入れてなかったが、領地が手に入ればそれも可能となる日が来る、か。

「……わかりました父上。ロードスト領、責任を持って治めさせて頂きます」

「うむ、うむ、励めよロイド！」

チャールズは俺の答えに、満足そうに頷くのだった。

「ええっ⁉　お、俺にここの……ロードストの領主になれですって……ロイド様、そいつはマジですかい⁉」

ガリレアたち一同をロードストに連れてきて宣言した俺の言葉にガリレアは目を白黒させている。

「うん、ガリレアにやって欲しいんだ。ジェイドのいなくなった後、暗殺者ギルドをまとめていたのはガリレアだからね。人の上に立つのは慣れているだろう？　きっとこなせると思うよ」

領主の話だが、考えた結果ガリレアにやって貰う事にした。

チャールズやアルベルトから何人か人材を紹介されたが、その者たちに領主をやらせたら俺が好き放題できなくなるからな。

その点ガリレアなら俺の息がかかっている。

それにガリレアは意外と常識があるし、面倒見もよい。

我ながらこれ以上ない人選であろう。うん。

「いやいやいやいや、流石にそいつは無茶だ！　俺みてぇなチンピラ崩れに領主なんて仕事、できっこないぜ！」

だがガリレアは首をブンブンと振る。

どうやら尻込みしているようだ。

「やってみないとわからないだろう？　チンピラも領主もどのつまり同じ人間、仕事内容も多分今までとそれほど変わらないさ。少し規模が大きくなっただけだろうよ」

「ギルドの数人と領民の数百人を少しの規模と言うには少々無理があると思いますが⁉」

「俺だってたまには様子を見にくる。協力は惜しまないつもりだ。ガリレアならやれると思って言っているんだけどな」

「で、ですが……」


と言ってみるが、まだガリレアは浮かない顔をしている。

……仕方ない、少し詰めるか。俺はガリエアの目をじっと見て、問う。


「それとも俺の為に命がけで仕えるってのは、嘘だったのかい？」

「！　そ、そんなことはねぇ！　ロイド様の為なら命だって捨てる覚悟だ！　……しかし俺に領主が務まるとは思えねぇ。不安なんですよ……」

「ったく、デカい図体して情けないわねぇ」

ガリレアの肩に、ポンと手が載せられる。

タリアだった。両脇にはバビロンとクロウもいる。

「私たちも協力するよ。力を合わせていい領地を作ってやろうじゃないか！」

「そうだねぇ。チンピラ紛《まが》いの俺たちが領主様をやれるなんて、こんな機会は二度とない。腕が鳴るってもんじゃあないか。それによガリレア、お偉いさんになれば美味い汁だって吸えるかもだよ？　ククク」

「俺も出来る事なんでもヤル。頑張ろウ」

「ね、やろうよガリレア」

「お前ら……」

タリアたちの言葉を受け、ガリレアは目を潤ませる。

ゴシゴシと腕でぬぐい、俺をまっすぐに見据えた。

「わかったぜロイド様、このガリレア、ロードスト領主を拝命いたします。命をかけてやらせてもらうぜ！」

「うん、頼んだよ」

「はいっ！」

俺の言葉に全員が勢いよく頭を下げる。

ふぅ、これで肩の荷も下りたな。

あとは適度に様子を見にくればいい。その名目でガリレアたちの能力も知れるし、一石二鳥だ。

「……しかし俺たちみてぇなのに領主をやらせるなんて、ロイド様は一体何を考えてやがるんだ……？　はっ、そうか！　ロイド様は俺たちにジェイドの遺志を継がせようとしてるんだ！　『ノロワレ』が差別されず、平穏に暮らせる街を作るのがあいつの夢だった。俺たちだってそうだ。だから罠かもしれないと思いつつもジェイドを信じて邸へ行った。だが結局あいつは死んでいて、俺たちは打ちひしがれていた。そんな俺たちにチャンスを与えてくれたんだな……へへっ、全てお見通しだったってわけか……流石だぜロイド様よ……！　覚悟を決めたぜ俺は、あんたに一生ついて行くよ！」

ガリレアが何かブツブツ言っているが、遠くてよく聞こえない。

「うおおおおお！　やるぜてめぇら！　俺についてこい！」

しかもなんか雄叫《おたけ》び上げてるし。びっくりするじゃないか。

まぁ、やる気があるのは結構な事である。

「ところでロイド様、あのレンって娘はどこに行ったんですかい？」

「そういやいないな」

言われてみればさっきから姿が見えない。

ガリレアたちをロードストに連れてくる時はいた気がしたのだが……一体どこに行ったのだろうか。

「きっとどこかで何かやっているのだろう。気にする必要はないんじゃないか？」

「ロイド様、少しは彼らに興味を持ってあげてくださせぇ……」

「失礼な。俺はあいつらの事、大好きだぞ」

「それって研究対象としてじゃ……いえ、なんでもねぇですがよ」

口籠るグリモを気にせず、俺は『飛翔』で城へ戻るのだった。

◇◇◇

「ろ、ロイド……さま……おかえり、なさい……」

城に戻った俺を出迎えたのは、シルファと小柄なメイド——レンであった。

「レンじゃないか。一体どうしたんだそんな恰好《かっこう》をして？　皆と一緒じゃなかったのか？」

「う……こ、これは、そのぅ……」

もぞもぞと指を動かすレン。

一体どうしたのだろうかと考えていると、その横にいたシルファが口を開く。

「この娘はロイド様たちがロードストへ向かっている間に、私のところに来ました。そしてどうしてもロイド様のお側《そば》で支えたいと申してきたのです。故に、ならばメイドとして働くよう言ったのですよ。ロイド様の活動範囲も広がった事ですし、それなりに戦闘力のある側役は貴重です。もう一人くらいお世話役がいても良いと思っていた所ですから、まずは私の下で教育を受けることを条件に許可いたしました。勿論ロイド様がよしとされるならですが」


どこに行ったのかと思っていたら、そういう事だったのか。

「もちろん、構わないよ」

俺の言葉にレンは顔をパッと明るくする。

「よ、よろしくお願いします！　ロイド……さま」

「レン、まだロイド様を名前で呼ぶのは早いです。ご主人様と言いなさい」

「う、ご……ご主人、様……」

顔を真っ赤にして言うレンを見て、俺は苦笑する。

「別に呼びやすい呼び方でいいよ」

「そうはいきません。周りの目というものがありますから。言葉遣いに所作振る舞い、覚える事は山とあるのですからね」

「は、はい。頑張る……ます」

辿々《たどたど》しく言い直すレンを見て、思わず吹き出した。

「ちょ！　笑わないでっ！」

「はは、ごめんごめん」

「こら、敬語が抜けていますよ。レン」

「う、ううぅ……」

シルファに注意され、レンは押し黙る。

なんか妙なことになってしまったが、レンが近くにいれば近くで暗殺者の技や能力を学ぶ事も出来る。

これはこれで悪くないか。

シルファに続いて部屋から出て行こうとしたレンが、振り返りぽつりと呟く。

「……ねぇロイド、本当にいいの？　ボクみたいな毒吐きを傍に置いて」

「ん？」

「だって今はロイドのおかげで何とか制御出来ているけれど、ボクはこの毒で沢山の人を殺してきた。嫌われてきた。また、何か起きたらと思うと……」

唇を噛むレンの頭に、ぽんと手を載せる。

「それはレンが未熟だったからだ。ジェイドは自身の能力を術式化できるまで懸命に学び、理解、制御していた。同じようにレンが自分の能力を理解、制御できるようになれば、生成する毒をより細分化することが出来る。そうなれば薬を作り出す事だって可能だろう」

「ボクの毒が、薬に……？」

俺の言葉にキョトンとするレン。

「あぁ、毒と薬は紙一重、薬ってのは細かく見れば毒と同じ成分なんだよ。現に毒系統魔術には解毒の魔術が多数存在する。レンは今までは自分の能力を忌み嫌っていたんだろう？　ちゃんと自分の能力と向き合うことが出来れば、レンの能力が一番伸びしろが大きいと俺は思っている。毒系統魔術に関して知識のある俺の傍にいて真剣に学べば、最高の薬師にだってなれるさ」

人を殺す毒、しかし転じれば人を救う薬にもなる。

どんな能力も解釈次第、知識次第、本人次第だ。

「だから頑張れよ。レン」

「うん――うんっ！　ボク、頑張るよ！」

キラキラと目を輝かせるレンは、先刻までのように暗い顔をしてはいなかった。

レンが自力で能力を開発してくれれば、俺の手間も省けるしな。うん。

新たな研究対象《なかま》も増えたし、俺の魔術師ライフもより充実したものになりそうだ。

手を振りながら駆けていくレンを見送りながら、俺はこれからの展望に期待に胸を膨らませるのだった。

あとがき

第七王子二巻、お買い上げいただきありがとうございます！

おかげさまで二巻を出せることになりまして、しかもコミカライズもいい調子みたいで大変喜ばしいです。

もーね、毎週土曜日が楽しみで楽しみで、すごくいい感じに書いてくださって石沢さんには感謝の言葉しかないですね。

原作と進み方も結構違うので、その辺りも楽しんでいただければなと思います。

さて今回は前半は魔剣作り、後半は暗殺者ギルドと二本立て（？）ですね。

魔術を極めるってことで、魔術関連のことを片っ端からやっていこうと思ってまず始めたのが魔剣作りでした。

というかこれは一巻でもやってましたけど。今回はもう少し掘り下げた感じですね。

ディアンは結構人気な感じで使いやすくて気に入っています。

アルベルトの相方役として出しておくとよく動いてくれますね。

そして後半の暗殺者ギルドですが、第七王子では色んなことをやろうというのがコンセプトでして、暗殺者をやるのは最初から決まってました。

……まぁ思ったより暗殺者関係ない話になっちゃったなーと。反省です。

多分スパイっぽくすればよかったんだと思います。

また機会があれば挑戦しようかな。


さて、ここらで次回予告！

次にロイドが目をつけたのは神聖魔術、教会を舞台にやりたい放題やっちゃいます。

新たなヒロインに新たな王女、そして新たな……？

待て次巻、それではまた会いましょう。

講談社ラノベ文庫

転生《てんせい》したら第七王子《だいななおうじ》だったので、気《き》ままに魔術《まじゅつ》を極《きわ》めます2

謙虚《けんきょ》なサークル

2020年11月30日第1刷発行
2021年 1 月22日第2刷発行

発行者	森田浩章
発行所	株式会社　講談社 〒112-8001 東京都文京区音羽2-12-21
電話	出版　(03)5395-3715 販売　(03)5395-3608 業務　(03)5395-3603
デザイン	AFTERGLOW
本文データ制作	講談社デジタル製作
印刷所	豊国印刷株式会社
製本所	株式会社フォーネット社

ISBN978-4-06-521533-3　N.D.C.913　259p　15㎝
定価はカバーに表示してあります